Ein Date zu viel

Krimi von
Axel Aschenberg
und
Louis de Monet

EIN DATE ZU VIEL

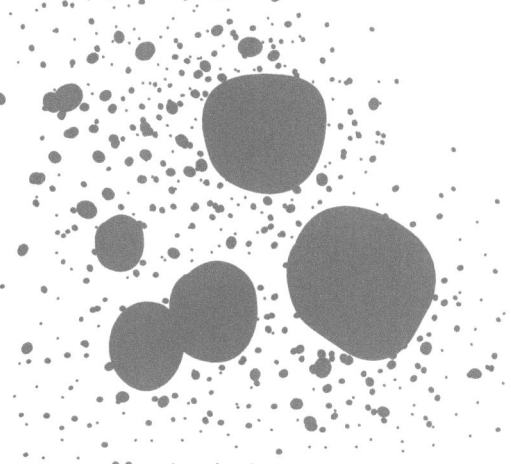

AXEL ASCHENBERG
LOUIS DE MONET

ISBN: 978-3-749433-66-7

Axel Aschenberg, Louis de Monet – Ein Date zu viel,
2019, 1. Auflage

Herstellung und Verlag: BOD
Books on Demand GmbH | In de Tarpen 42 | D-22848 Norderstedt

Bibliografische Information der Deutschen Nationalbibliothek:
Die Deutsche Nationalbibliothek verzeichnet diese Publikation
in der Deutschen Nationalbibliografie; detaillierte bibliografische
Daten sind im Internet über http://dnb.dnb.de abrufbar.

Axel Aschenberg, Jahrgang 1970, sammelte als Jurastudent wichtige Infos bei Staatsanwälten und Anwälten für Strafrecht, die er in seinen ersten Krimi einfließen ließ. Nach der Arbeit als Realschullehrer für Deutsch, Reli und Geschichte und als DAF-Lehrer widmete er sich ganz dem Schreiben. Zahlreiche Veröffentlichungen in Literaturzeitschriften und Anthologien und sein Erstling „Karteileichentango". Er tritt regelmäßig in ganz Deutschland auf Slam-Poetrys auf.

Louis de Monet, Jahrgang 1968, Diplomverwaltungswissenschaftler, arbeitet als Disponent.
Seit Kindesbeinen ist er leidenschaftlicher Krimifan. Dies ist sein erstes Buch!

„Für alle, die an mich als Schriftsteller glauben."

Axel Aschenberg

- 1 -

Ein typischer Montagmorgen – mal wieder. Das ganze Haus am Lenox Hill war noch dunkel, nur in einem Büro, an dessen Tür ein Schild mit der Aufschrift ›Versicherungen und Hausverwaltungen‹ prangte, brannte schon wieder Licht. Dieser arbeitswütige Spencer saß mal wieder als Erster in seinem Versicherungsbüro. Stapel von Papier umlagerten ihn. Er murmelte Geburtsdaten vor sich hin.

»Ein Drecksjob«, fluchte er. Seine letzte Arbeitswoche hatte er mit mühsamen, stundenlangen Recherchen in den Kellergewölben der städtischen Bibliothek zugebracht. Sein Interesse hatte den standesamtlichen Nachrichten von vor zwanzig Jahren gegolten.

Vor allem weiblichen Geburten galt das Augenmerk, während sich Eddie Spencer, ein etwas beleibter großgewachsener 90-Kilo-Mann, durch die Akten wühlte und das nicht um neue Versicherungen abzuschliessen.

Das Telefon läutete. Genervt griff Eddie, jäh aus seiner Arbeit gerissen, zum Hörer. Wieder einmal dieser Miles, der bei ihm vor Jahren eine popelige Haftpflichtversicherung nach stundenlangen, zähen Verhandlungen abgeschlossen hatte! Die lächerliche Provision hatte gerade für einen netten Abend gereicht.

Kaum hatte er sich gemeldet, legte Miles auch schon mit seinem Redeschwall los: Sein Sohn hatte mit einem Fußball die Scheibe eines Supermarktes beim Waldorf Astoria eingeschossen und jetzt wollte Miles eine umfangreiche Beratung, wie er sich den Schadensersatz sparen könnte. Klar, dass der lästige Typ nach Möglich-

keit bei der ganzen Angelegenheit noch ein Geschäft machen wollte. Nachdem alle Versuche, Miles abzuwürgen, gescheitert waren, willigte Miles widerwillig in einen Beratungstermin für den heutigen Nachmittag ein.

Mittlerweile fing auch in den anderen Büros geschäftiges Treiben an und die Bewohner der Apartments machten sich so langsam auf den Weg zur Arbeit.

Es klopfte an Eddie Spencers Tür. Kathy aus Apartment 7 steckte unaufgefordert den Kopf zur Tür herein. »Wie lange soll ich noch auf die Reparatur von meinem Wasserhahn warten?«, keifte sie los.

Eddie, seines Zeichens Versicherungsüberlebenskünstler, konnte sich nur über Wasser halten, weil er nebenbei den Hausverwalter für dieses Haus machte. »Ich habe den Klempner doch schon vor drei Wochen angerufen«, behauptete er und holte dann mit übertrieben ruhiger Stimme zum Schlag aus: »Der Klempner hat mich eben - wie du - versetzt!«

»Hoffentlich klappt's bald mal«, schrie Kathy ihn an.

»Meinst du jetzt mich oder den Klempner?«, kam es schlagfertig zurück.

»Den Klempner natürlich«, fauchte Kathy und knallte die Tür zu.

Inzwischen war es zehn Uhr vormittags; Eddie schaltete die Kaffeemaschine ein und kramte in seiner Schublade nach einem alten Playboyheft. Er nahm gemütlich auf seinem Schaukelstuhl Platz, während das Wasser durch die Kaffeemaschine lief, blätterte das Heft durch, ließ seinen Phantasien freien Lauf.

›Ich kann mal probieren, ob die Erste schon da ist?‹, murmelte Spencer mit frischer Kraft in der Stimme vor sich hin. Hastig suchte er im örtlichen Telefonbuch einen Namen, den er aus den Geburtsmeldungen ermittelt hatte. ›B....Be...Becci! Na, wer sagt`s denn, die wohnt

tatsächlich noch hier! Also frisch ans Werk.‹ Rasch tippte er die Nummer ins Telefon ein.

Es läutete fünfmal, dann endlich hauchte jemand »Cornelia Becci« ins Telefon.

»Hallo, kann ich mal mit Steffi sprechen?«

»Wer ist denn da überhaupt?«

Schlagfertig wie immer erwiderte Eddie: »Das soll eine Überraschung werden.«

Eine halbe Minute später meldete sich eine junge, zarte Stimme mit: »Ja, hier Steffi Becci« am Telefon.

»Ja, hallo Steffi, ich wollte dir noch nachträglich recht herzlich zum 18. Geburtstag gratulieren. Es tut mir leid, dass ich es am letzten Donnerstag verschwitzt habe, mich bei dir zu melden«, speichelte Eddie Spencer mit gedehntem und gleichermaßen einschmeichelndem Unterton.

»Schön, dass du trotzdem noch anrufst«, gab Steffi eingelullt, aber etwas unsicher zurück.

Weiter den Köder auslegend, hakte Eddie blitzschnell nach: »Hast du schön gefeiert?«.

»Ja, es waren ganz viele Freunde da, sogar Opi und Omi sind von ganz weit hergekommen!«

»Das ist ja schön, wenn man die auch mal wiedersehen kann. Hattet ihr auch schönes Wetter?«

»Oh ja, das Wetter war prima, nur gegen Abend hat es geregnet, so dass wir leider nicht grillen konnten.«

»Das ist aber schade«, tröstete Eddie und setzte in fast gelangweiltem Ton, innerlich aber angespannt, nach: »Da müssen wir beide ja noch unbedingt zusammen nachfeiern.«

»Das wäre schön, - aber kenne ich dich eigentlich?«

»Wenn du mich siehst, erinnerst du dich wieder!«

»Ja, sonst hättest du auch nicht gewusst, dass ich Geburtstag gehabt habe«, lenkte Steffi halbwegs überzeugt ein.

Von einem Glücksgefühl durchströmt, vollendete er:

»Also dann am Mittwoch, um drei Uhr nachmittags, am Obelisken gegenüber dem Metropolitan Museum of Art im Central Park, das liegt ja für beide auf der Strecke.«

»Ja, okay, ich komme.«

»Kann ich mich drauf verlassen?«, setzte Eddie souverän nach.

»Ja, klar!«

»Bis dann. Ich freu' mich!«

»Ich auch«, gab Steffi halblaut zurück und hängte den Hörer ein.

Eddies Magen meldete sich mit einem Knurren. Spontan beschloss er, zum Hotdog-Stand um die Ecke zu gehen. Den Hotdog verschlingend, starrte er den jungen Frauen mit den Miniröcken und dem Eis in deren Händen nach und dachte: ›Wie gerne wäre ich jetzt das Eis.‹

Unerwartet verschluckte er sich, spuckte seinen letzten Bissen in den Mülleimer und erblickte eine dicke, grüne Schmeißfliege. Der Hotdog-Verkäufer, reagierte mit einem breiten Grinsen.

Eddie brüllte aufgebracht: »Ich hetze ihnen den Wirtschaftskontrolldienst auf den Hals, geben Sie mir mein Geld zurück!«

Mit einem noch breiteren Grinsen bot ihm Ali einen neuen Hot Dog an. »Diesmal nicht so viel Fleisch!«

Eddie ergriff den Hot Dog, wurde immer röter vor Wut und schleuderte ihn dem Mann ins Gesicht. »Guten Appetit!« brüllte er mit bebender Stimme und machte sich schnell aus dem Staub.

Befriedigt von seiner persönlichen Rache, warf sich Eddie Spencer noch schnell eine Currywurst an einer Imbissbude ein und machte sich auf den Weg ins Büro. Kaum hatte er gestärkt wieder Platz genommen, klopfte es an seiner Tür. Als er Miles Gesicht erblickte, fiel ihm niagarafallartig das leidige Beratungsgespräch wieder ein.

Nach versierten Auskünften, die Miles seinem Gesichtsausdruck zufolge dankbar aufnahm, räusperte sich Eddie Spencer: »Jetzt habe ich auch einmal eine Frage.«

»Um was geht's denn?«, nuschelte Miles.

Er lehnte sich in dem knautschenden Büroledersessel zurück, atmete erleichtert auf, die Prozedur des Beratungsgesprächs überstanden zu haben, und sprach zu dem gerade im Aufbruch begriffenen Miles: »Wie Sie wissen, hat meine Friseuse ihren Laden geschlossen, um mit einem dahergelaufenen Brasilianer nach São Paulo zu ziehen. Jetzt stehe ich da, schauen Sie sich mal meine Mähne an, so kann ich ja nicht unter die Leute. Wo haben Sie denn ihre flotte Frisur her, wenn man fragen darf?«

Verständnisvoll nickte Miles: »Da haben Sie Recht, ich kann Ihnen nur wärmstens Robert Lavé in der Metro-North Park Avenue empfehlen.«

»Und wie ist der preislich so?«, erkundigte sich Eddie.

»Die Preise sind okay, der Lavé ist zwar ein seltsamer Kauz, aber er versteht sein Handwerk!«

»Okay, da schaue ich mal vorbei«, antworte Eddie.

Nachdem Miles endlich das Büro verlassen hatte, sah er ein, dass der Tag gelaufen war, und beschloss *entkräftet*, Feierabend zu machen. Er schloss wie immer sorgfältig ab und fuhr vom vierten in den achten Stock, wo sein Apartment lag. Zaghaft öffnete er seine Wohnungstür, sich auf die Begrüßung von Kathy freuend, die munter auf ihn zusteuerte und gleich von ihm liebkost werden wollte.

Er hatte nämlich seine Katze auf den Namen Kathy umgetauft, nachdem es mit Mandy auseinandergegangen war und seit drei Tagen die süße Kathy aus dem Haus, die von Apartment 7, seine neue Nummer eins war.

Während er sich ein Dosenbier hinter die Binde goss, fiel er in tiefes Grübeln, was er mit dem Abend anfangen solle. Auf einmal kam ihm der rettende Einfall, unter welchem Vorwand er wieder zu Kathy gehen konnte. Stürmisch polterte er aus seiner Wohnung und klopfte an Kathys Tür. Kathy öffnete.

»Ich habe mir gedacht, ich schau mir den Wasserhahn mal selbst an, wäre doch gelacht, wenn wir das nicht hinkriegen.«

»Warum bist du auf diese glorreiche Idee nicht schon vor einer Woche gekommen?«

»Äh, ich musste erst das neue Sieb bestellen«, erwiderte er, sein Gewicht von einem Bein auf das andere verlagernd.

Kathy sagte schnippisch: »Dann mal los, du großer Klempner!«

Mit einem mulmigen Gefühl, nach außen aber souverän wirkend, tauschte Eddie Spencer die Siebe aus und schraubte die Muffen fest.

Dankbar spendierte Kathy ihm einen Kaffee: »Den hast du dir jetzt aber verdient!«

»Ja, gerne«, sagte Eddie und nahm sofort mit der ganzen Fülle seines Körpers das Sofa in Beschlag.

»Hast du eigentlich meinen Tipp von neulich befolgt?«, setzte Eddie das Gespräch fort.

»Ach, du meinst den mit dem Abführmittel?«, meinte Kathy.

»Genau, habt ihr es eurem widerlichen Chef verabreicht?«

»Ja, sicher«, lachte Kathy und ergänzte, »der hatte endlich mal was Sinnvolles zu tun.«

Beide saßen schenkelklatschend - Kathy mit Lachtränen in den Augen - auf dem Sofa.

Sie schenkte Eddie noch mehr Kaffee ein und legte eine Bach-Platte auf. Innerlich fluchend über die aus seiner Sicht grauenhafte und viel zu anspruchsvolle Musik, überhäufte er sie mit Komplimenten für die gute Auswahl. Kathy wiederum mochte die Musik auch nicht und legte sie für Eddie nur auf, weil der sich immer als großen Klassikfan tituliert hatte.

Sie plauschten vergnügt noch eine Stunde, ehe Kathy anfing von einer gewissen Müdigkeit zu reden.

Dies bezog Spencer natürlich gleich wieder auf seine Person und fragte: »Habe ich dich so gelangweilt oder warum bist so müde?«

»Nein, natürlich nicht«, beschwichtigte Kathy. »Ich hatte nur einen langen, schweren Tag und würde gerne ins Bett gehen.«

Sich für den schönen Abend bedankend, verabschiedete sich Eddie Spencer innerlich schmollend und ging in sein Apartment zurück.

Leicht geknickt ließ er sich auf sein Bett fallen und griff zum Telefonhörer. Er wollte Marc Salesbreed, einem alten Kumpel, sein Leid klagen. Siebenmal ließ er es klingeln, doch es nahm niemand ab. Eddie dachte: *›Der ist schon wieder bei der Arbeit, mitten in der Nacht!‹*

Marc hatte nach abgebrochenem Jurastudium die fragwürdige Karriere eines Bestattungsgehilfen eingeschlagen. Obwohl Eddie keine allzu hohe Meinung von Marc hatte, wollte er ihn wieder einmal als Frustmülleimer gebrauchen. Er schätzte an Marc, dass er die Berichte über seine Eskapaden - ohne zu kommentieren - konsumierte. Mehr erwartete er von seinem Gesprächspartner auch nicht. Widerrede und Kritik hätten ihn nur unnötig zusätzlich gekränkt.

Beim Ablegen der Kleider ließ er den Tag noch einmal Revue passieren. ›*Naja, der Tag war eigentlich gar nicht so mies, immerhin habe ich noch zwei gute Projekte mit Kathy und Steffi am Laufen und nebenbei habe ich noch eine Lebensversicherung und eine Barlohnumwandlung abgeschlossen.*‹

Im Bett zog er unter seinem Kopfkissen noch einen WM-Almanach hervor und wiegte sich mit Dutzenden von WM-Ergebnissen, die er auswendig lernte, in den Schlaf. Seit jeher verfügte er über ein phänomenales Gedächtnis und ergötzte sich nur zu gerne daran, Stammtischfreunde damit zu beeindrucken. Gelegentlich konnte er auch Frauen beeindrucken, indem er Gedichte frei rezitierte.

- 2 -

Endlich Mittwoch! Nach einem enttäuschten Blick in den Briefkasten - wieder keine Post von potentiellen Projekten - Frauen in allen erdenklichen Farben und Formen, so überraschend wie sein Kondomarchiv - gab es nur Rechnungen. Der Tag wollte für Eddie einfach nicht vorübergehen. Er saß den ganzen Tag wie auf Kohlen. Endlich sollte diese Ungewissheit vorbei sein. Heute sollte nun endlich das große Treffen mit dieser Becci stattfinden. Er schloss frühzeitig sein Büro und eilte zum Central Park. Schließlich hatte er sich um fünfzehn Uhr mit Steffi Becci dort verabredet. Tagsüber war es gar nicht so einfach, dort ein geeignetes Versteck zu finden, an dem man unbemerkt blieb. Nervös rieb er sich den Schweiß von der Stirn und peilte die Lage. Er dachte: ›*Ausgerechnet jetzt müssen diese Rentner hier ihre Zeit totschlagen. Wo soll ich denn nun auf die kleine Steffi warten.*‹ Er wollte sich noch das Hintertürchen offenlassen, sich nicht erkennen geben zu müssen, falls Steffi Becci wie ein Monster aussah.

Jetzt kam auch noch Miles um die Ecke. Eddie verfluchte innerlich den Tag, an dem dieser bei ihm Kunde geworden war, und murmelte vor sich hin: ›*Wenn der mich sieht, ist alles gelaufen. Der drückt mir ein sinnloses Gespräch rein und vermasselt mir mein Treffen mit Steffi.*‹ Geistesgegenwärtig sprang er zur Seite und kauerte sich hinter einen Baum, um ungestört warten zu können. Miles passierte ihn, ohne ihn zu bemerken. Eddie atmete auf.

Er sah nun im Hintergrund eine tolle Frau in schwarzem Leder umherstolzieren. Er dachte: ›*Nein, bei mei-*

nem Pech ist das natürlich nicht Steffi Becci. Die ist der helle Wahnsinn! Die hat schwarze lange Haare, ein formvollendetes Gesicht und eine nicht zu überbietende Figur.‹ Sie hatte einen Minirock mit passendem Top an. Das Gesamtbild wurde durch Stiefel, die sich nahezu nahtlos an die traumhaft langen Beine, wie bei einer Nachtclubtänzerin, anschlossen, angeheizt. Plötzlich sah Eddie Spencer wiederum zehn Meter dahinter eine sehr bieder gekleidete, ebenfalls junge Frau mit Pickeln - wie ein Streuselkuchen - übersät, mit verkniffenem Blick daherkommen.

›Wenn es die ist, dann hat sich die Mühe mal wieder gelohnt. Die ist wahrscheinlich nur hier, weil sie sowieso nie einen abgekommen würde, dieses verkrampfte Ungeheuer‹, lamentierte Eddie Spencer leise.

Die erste Frau blieb nun stehen und ließ ihren Blick kreisen, während die zweite langsam an ihr vorbeitrollte. Die Hoffnung stieg bei Eddie Spencer ins Unermessliche, dass die Klassefrau nun wohl doch Steffi Becci sein müsste. Er nahm allen Mut zusammen und kam langsam unauffällig aus seinem Versteck hervor. Zaghaft ging er auf sie zu und bevor ihm das Herz vollends in die Hose zu rutschen drohte, rief er ihr keck zu: »Hallo, Steffi, schön das du gekommen bist!«

Steffi Becci blieb stehen. Sie taxierte Spencer von oben bis unten und lächelte selbstbewusst: »Du bist das? Ich habe verzweifelt versucht, mir das passende Gesicht zu deiner Stimme vorzustellen, als du am Montag angerufen hast.«

»Also komm, lass uns einen Kaffee trinken gehen«, setzte Eddie souverän fort.

»Alles klar, lass uns hier nicht Wurzeln schlagen!« Mit stolzgeschwellter Brust schlenderte Eddie mit Steffi durch den Park Richtung Fußgängerzone. Er fühlte sich am Ziel seiner Träume vieler schlafloser

Nächte. Er hatte in seinem Leben schon sehr viele Enttäuschungen erlebt, weil er so impulsiv war. Wenn er
eine reizvolle Frau sah, dann war er oft von so starker
Begierde erfüllt, dass er nicht mehr Herr seiner Sinne
war. Erst neulich war es ihm wieder passiert, dass er
eine schwarze Perle mit so einem raffinierten Leder-
rock, der nur das Nötigste bedeckte, vor dem Postamt
gesehen hatte und hemmungslos hinstarrte. Und das
Schlimme war, sie hatte ihn sogar angelächelt, und
nicht nur das, sogar längere Zeit mit einem auffordernden Blick angeschaut, nach dem Motto: Nun mach
schon, sprich mich endlich mit irgendeinem Blödsinn
an, und wenn du mir nur eine Kuh zeigst, die gerade
vom Himmel fällt! Doch er hatte sich nicht getraut sie
anzusprechen. Es war für ihn wie ein ständiges Schlu-
ckenmüssen gewesen. Ihn lähmten gleichermaßen
Respekt und Faszination vor diesem weiblichen Wesen, die wie von einem anderen Stern zu sein schien.
Er hatte keine Ahnung, was die wirklichen Gründe für
seine Handlungshemmung waren.

Als sie schon weg war, ging er noch in die Telefonzelle, von wo aus sie gerade angerufen hatte, und
drückte die Wahlwiederholungstaste, doch leider
wurde keine Telefonnummer angezeigt. Schade, leider
kein Anhaltspunkt für eine Fahndung nach dieser Frau
für ihn. Eine Welt war für Eddie damals zusammenge-
brochen. Mit hängenden Schultern und leerem Blick
hatte er zu Boden geschaut, wie ein Patient, der von
einer tödlichen Krankheit durch seinen Hausarzt erfahren hat.

Jedenfalls hatte er seine Passivität hinterher bitter
bereut. Er war tagelang nur noch ein Häufchen Elend
gewesen.

An Marc schickte er eine verzweifelte Mail. »Ich
sehe sie nicht mehr, was soll ich nur tun? Ich stehe

mir jeden Tag vor dem Postamt die Füße in den Bauch und sie erscheint nicht. Bitte, bitte lieber Marc, hilf mir doch; ich bitte Dich auf Knien. Ich kann ohne diese Frau nicht mehr leben. Sie ist die einzig Wahre. Nicht nur, weil sie gelächelt hat.«

Und in der nächsten Mail schrieb Eddie Spencer: »Was soll ich nur tun, Marc? Wenn ich sie das nächste Mal sehe, mache ich ihr sofort einen Heiratsantrag!«

Jetzt mit Steffi war alles ganz anders, er kam sich wie ein König vor, der seine Göttin ausführt. Seine Nasenspitze berührte den Himmel. Man sah förmlich, wie sein Selbstbewusstsein aufblühte, als ihm manch unbekannte Schöne, die ihn sonst nur mit Missachtung gestraft hätte, anerkennende Blicke zuwarf. Wie stolze Pfaue spiegelte sich das Paar in den Schaufensterscheiben der mondänen Schmuck- und Modeboutiquen von Manhattan.

Auf einmal blieb sie gebannt vor einer exklusiv gekleideten Modepuppe stehen. »So etwas könnte ich mir mit meinem Ferienjob bei Adler-Paper nie leisten«, wisperte sie.

Mit gönnerhafter Miene fragte Eddie Spencer: »Möchtest du das Kleid haben, Steffi?«

Völlig überrascht und geschmeichelt von der Großzügigkeit Eddies, bildeten sich auf Steffis Gesicht rote Flecken vor freudiger Erregung.

»Als kleine Aufmerksamkeit von mir!« So etwas hatte Steffi noch nie erlebt. Sie kam aus einfachem Hause und das Kleid hatte den stolzen Preis von sechshundert US-Dollar. Die gebürtige Italienerin war mit ihren Eltern als Kleinkind von Neapel nach New York gezogen, aber das große Glück hatte ihre Familie noch nicht gemacht.

Kurzerhand kaufte Eddie ihr das Kleid, wobei er die abschätzigen Blicke der Verkäuferin mit einem hohen Trinkgeld quittierte.

Als die beiden die Boutique verließen, murmelte die Verkäuferin zu sich selbst: »Schade, dass sich so junge Dinger kaufen lassen. Diesem Möchtegerncasanova steht es doch auf der Stirn geschrieben, auf was er aus ist.«

Bereits beim Verlassen der Boutique legte Eddie stolz seinen Arm um Steffi. Sie gingen ins Jazz-Café ›Blue Daddy‹. Man hielt ein wenig Smalltalk, bevor Steffi nun doch endlich wissen wollte, woher Eddie sie kenne. Demütig gab er zu, von Steffis Erscheinung wie vom Blitz in der Nähe des Adler-Paper-Ladens getroffen worden zu sein. Er wollte sie immer schon ansprechen, habe sich aber bisher nicht getraut, wie er mit verklärtem Blick gestand. Daher habe er in mühsamen Recherchen die Zeitungen gewälzt, um ihren Geburtstag herauszufinden.

Steffi hing förmlich an seinen Lippen und antwortete geschmeichelt: »Das finde ich ja rührend, dass du wirklich keine Mühe gescheut hast, mich kennenzulernen. Ich finde, dass du dafür eine faire Chance verdient hast. Jetzt muss ich aber langsam heim. Wir können ja am Samstag zusammen ins Funtastic gehen.«

Eddie Spencers Augen blitzten auf wie bei einer Raubkatze in der Nacht.

Eddie fuhr Steffi nach Hause. Er stoppte den Wagen einige Hausnummern vor ihrem Elternhaus, da ihre Eltern vermutlich nicht gerade erfreut gewesen wären. So konnte er sich in Ruhe von seiner neuen Eroberung verabschieden. Mit treublickenden Teddyaugen nahm er sie väterlich in den Arm, wobei er es sich nicht entgehen ließ, mit der rechten Hand wie zufällig über ihre Brüste zu streicheln und sie dezent an sich zu drücken.

Er war höchst erregt über ihre Abschiedsküsse auf seine Wangen.

Steffi hauchte zärtlich: »Ich glaube an uns. Ich habe dich jetzt schon ganz doll lieb. Vielleicht schreibe ich dir, bevor wir uns am Samstag wiedersehen. Also, bis bald, Eddie Spencer.«

Steffi bekam zuhause sogleich Vorwürfe zu hören, warum sie denn so spät heimkäme, und ihr jüngerer Bruder zog sie damit auf, wo sie denn ihr neues Kleid her habe.

Ihr strenger katholischer Vater verdächtigte sie glatt, auf den Strich zu gehen, und ihre Mutter jammerte: »Mach mir nur keine Schande!«

Steffi verstand die Welt nicht mehr, doch schließlich ging sie beschwingt über ihre neue Bekanntschaft in ihr Zimmer und trug mit einem roten Filzstift ihre nächste Verabredung in ihren Pferdekalender ein.

Schlagartig riss ihr Vater mit einer Bierfahne die Zimmertür auf. Und ehe sie sich versah, schlug er sie mit einem Gürtel windelweich.

Dabei brüllte er erhitzt mit rot aufgequollenem Gesicht: »Dir Flittchen werde ich deine Flausen schon noch austreiben. Wie läufst du überhaupt rum? Ich lasse es nicht zu, dass meine Tochter eine Hure wird.«

Gerade noch rechtzeitig, bevor Schlimmeres passieren konnte, kam ihre Mutter und riss den erzürnten Vater von ihr weg. »Es reicht, lass das Mädel jetzt in Ruhe! Mit Schlägen erreichst du gar nichts, das macht doch alles nur noch viel schlimmer. Du weißt doch, dass du damit bei ihr nur das Gegenteil erreichst.«

Wutschnaubend verließ der Vater ihr Zimmer.

Die Mutter setzte sich zu Steffi aufs Bett. Sie streichelte ihr den geschundenen, von den Gürtelschlägen aufgekratzten Rücken und sagte: »Du machst aber

auch Sachen, Kleines. Mach deinem Vater doch nicht immer Sorgen.«

»Ich habe doch gar nichts getan«, sagte Steffi trotzig.

Ihre Mutter verließ das Zimmer.

Steffi saß mit verheulten Augen und verlaufener Schminke auf ihrem Bett, ein Schatten ihrer selbst, nichts war mehr von ihrem Glanz geblieben. Sie war froh, dass Eddie Spencer sie in diesem Zustand nicht sehen konnte.

Sie nahm eine Puppe vom Kopfende ihres Bettes, riss ihr Arme und Beine aus, schleuderte sie auf den Boden und trampelte, ihren Vater verfluchend, auf ihr herum.

Unterdessen passierte Eddie Spencer sorglos, von dem Leid seines Schatzes nichts ahnend, den Friseurladen in der Metro-North Park Avenue. Ein mit wenig Haarpracht gesegneter Friseur wartete mit apathischem Gesichtsausdruck in der Tür auf seinen nächsten Kunden. Dies brachte ihn zugleich auf den Gedanken, sich seine Mähne scheren zu lassen. Man begrüßte sich und er betrat den Laden.

Eddie dachte: »Dies wird wohl der Lavé sein.« Er vereinbarte einen Termin für den nächsten Morgen, weil es heute leider nicht mehr ging. Der Friseur sagte mit halblauter Stimme zu.

Durch seine berufliche Praxis im Umgang mit Menschen ein Routinier, fiel ihm zugleich auf, dass der Friseur nicht in der Lage war, ihm beim Gespräch direkt in die Augen zu sehen. Auch zu einem kräftigen Händedruck war er im Gegensatz zu Eddie Spencer nicht in der Lage. Eddie ließ seinen Blick durch den etwas altbackenen Friseursalon schweifen. Dabei fielen ihm sofort die vergilbte Tapete, heruntergekommene Sofas im Empfangsbereich, ein riesiges Porzellan-

schwein mit der auffordernden roten Aufschrift ›Trinkgeld‹ auf dem gläsernen Kassentisch auf. Das Einzige,
was in diesem Raum glänzte, war die Nase von Lavé,
die aufgedonnerten Friseusen, die Hochglanzmagazi-
ne und die gutgestylten Perücken auf gräulichen Sty-
roporköpfen mit eingedrückten Nasen.

Eddie wunderte sich etwas über die Gegensät-
ze im Raum und dachte: »Hauptsache ich bekomme
eine gute, erschwingliche Frisur, der Rest soll mir egal
sein.« Schließlich hatte Miles ihm ja gesagt, dass der
Lavé ein seltsamer Kauz sei.

Eddie wurde durch die Worte von Lavé aus seinen
Gedanken herausgerissen: »Wann wäre es Ihnen denn
recht?«

»Donnerstagnachmittag.«

»Okay, fünfzehnuhrdreißig. Und welchen Namen
darf ich denn eintragen?«, erkundigte sich Lavé mit
sonorer Stimme, und nachdem Spencer seinen Namen
genannt hatte, trug er diesen sorgfältig in seinen riesengroßen, den ganzen Glastisch ausfüllenden Timer
ein.

Auf einmal hupte es vor dem Friseursalon. »Das wird
Ronny sein«, jauchzte die süße, brünette Friseuse, die
Eddie schon die ganze Zeit im Auge gehabt hatte.

Ein Rocker mit wasserstoffblondem Haar, Ziegenbärt-
chen, Lederstiefeln und Lederjacke mit drei falschen,
fetten Klunkern an der rechten Hand, polterte in den
Laden. »Na, ihr beiden Hübschen«, begrüßte er über-
schwänglich die beiden verdutzten Eddie und Lavé.

Nervös zog Nina ihre Friseurschürze aus, rückte ihr
Dekolleté zurecht und fuhr sich geschwind mit einer
Bürste durch die Haare. Ehe sie sich im Spiegel weiter
hübsch machen konnte, zog Ronny auch schon grob
an ihrem Arm und krallte sich seine Freundin mit dem
Kommentar: »Komm schon, ich habe keine Zeit, du

kannst dich im Auto noch hübsch genug machen; bei der Rushhour brauchen wir sowieso 'ne halbe Stunde bis wir zu Hause sind, Nina-Schatz.« Mit dem Spruch: »Schönen Feierabend, ihr beiden!«, verließ das Paar den Salon.

Eddie spürte, wie in ihm langsam eine wahnsinnige Wut hochkochte, gewisser Groll mit Recht. Er zischte zu dem apathischen Lavé: »Da fühlt man sich wieder wie ein Stück Scheiße. Wie kann so eine Fresse von Typ eine so heiße Braut aufgabeln? Was hat unser einer da vorzuweisen, höchstens mal junges Gemüse?«

Lavé stand kreidebleich und konsterniert hinter dem Ladentisch und stellte lakonisch fest: »Die Welt ist eben ungerecht.«

Das Gespräch verebbte, als Lavé zum Besen griff, um Haare aufzufegen.

Schließlich verließ er den Laden. »Also bis übermorgen.« Der Friseur nickte mechanisch.

Doch Eddie, der in den einsamsten Stunden seines Daseins schon des Öfteren das horizontale Gewerbe angekurbelt hatte, lebte getreu seiner Maxime *Zeit ist Geld und Geld sind Frauen* und machte sich schnell wieder auf die Socken, nachdem er hier so viel Zeit verplempert hatte.

Nächstes Mal mache ich den Termin telefonisch aus, murmelte er vor sich hin.

- 3 -

Am übernächsten Morgen machte Eddie Spencer im Briefkasten eine erstaunliche Entdeckung. Ein Brief an ihn, mit weiblicher Schrift in barocken Rundbögen, der beim Öffnen nach Parfüm duftete. Ekstatisch durchfuhr es Eddie Spencer, ob das wohl ein Brief von Steffi sei? Aber so schnell?

Mit Herzklopfen fing Eddie Spencer noch im Stehen an, den Brief in einem Zug wie einen Schnaps in sich hineinzuschütten. Ebenso berauschend war der Brief, aber mit scharfem Nachgeschmack.

Hallo, mein lieber Eddie!!!

Heute möchte ich Dir auch schreiben.
Ich habe so viele Gedanken im Kopf. Wegen neulich Abend hat mich mein Vater grün und blau geschlagen, Du solltest meinen Rücken sehen!
Gestern Mittag nach der Schule kam mir meine Mutter mit einem Brief von Dir entgegen, das war vielleicht ein Ärger!

Schuldbewusst sank Eddie Spencer hinter seinem Schreibtisch in sich zusammen.

Die erste Frage war: Von wem sind die Briefe, wie heißt er, wie alt ist er, wo wohnt er? usw. Ich habe ihr alles erzählt, ich hatte keine andere Wahl.
Schnell las er weiter:

Ich weiß, was Du jetzt denken wirst, dass ich so und so bin, mit großer Zunge, die nur schwätzt, nein, ich bin nicht so, Du kannst denken, was Du willst, ich weiß wer ich bin und ich bleib auch so.

Jetzt habe ich wegen Dir auch noch Hausarrest. Aber ich glaube trotzdem an uns. Hast Du überhaupt verstanden, warum ich Hausarrest bekommen habe? Meine Mutter findet es blöd, dass Du mir schreibst, mit mir telefonierst und vor allem dieses Kleid gekauft hast. Neben Dir sei ich doch sowieso das kleine Mädchen und Du der alte Mann.

Ich weine ... Es ist leider so, ich siebzehn und Du dreiunddreißig, sechzehn Jahre zwischen uns. Mir ist das egal, aber meine Mutter ist dagegen. Ich glaube trotzdem an uns! Ich brauche jetzt jemanden, der mich umarmt und küsst, und ich wünschte mir, dass Du es wärst. Das geht jetzt leider nicht. Ich habe meine Mutter gefragt, ob sie was dagegen hätte, wenn ich mit Dir am Samstag ausgehen würde. Sie hat mich ausgelacht und gesagt, dass ich völlig blöd bin und dass ich jetzt nur bis einundzwanzig Uhr draußen bleiben darf. Wenn es mein Stiefvater erfährt, bin ich tot. Du denkst vielleicht, was für einen Unsinn ich schreibe!

Ich habe mir überlegt, ob ich Dir alles schreiben soll. Ich werde Dir alles schreiben, aber Du musst mich auch verstehen können. Okay, also, fang ich von Anfang an. Mein erster Vater war Alkoholiker, meine Mutter ließ sich scheiden. Als ich noch ein ganz kleines Mädchen war, habe ich keine Liebe von meinem Vater bekommen, nur von meiner Mutter.

Ich wollte und brauchte immer mehr Liebe, aber ich bekam nicht viel Liebe und Zärtlichkeit von meinen Eltern. Als ich bereits zur Schule ging, mit sieben Jahren, sagten alle, dass ich ein sehr hübsches Mädchen sei. Einmal, als ich von der Schule nach Hause ging, kam ein junger Mann, so ca. dreißig Jahre alt zu mir, nahm meine Hand und sagte, ich soll mit ihm gehen. Ich wollte es nicht, dann

hat er mich zu sich gezogen und brachte mich in irgendein altes Haus. Da spielte er mit mir und wollte schon mein Kleid ausziehen…als eine alte Frau reinkam. Mit weinendem Gesicht und zitternden Händen habe ich mich von ihm losgerissen und bin so schnell wie möglich nach Hause gerannt. Als ich das erzählt habe, hat mir keiner geglaubt. Alle sagten: »Du sieben und der dreißig Jahre und er wollte was von Dir?!« Dann wusste ich genau, dass ich keine Hilfe mehr bekomme, egal wo oder von wem. Dann habe ich mich hingekniet und gebetet.

Nach dem Vorfall mit dem Mann, wollte ich nichts mehr mit Jungs zu tun haben. Ich hatte immer Angst vor Jungs. Wenn ich angemacht wurde, war ich immer wie aus Eisen. Ich wollte gerne einen Freund haben, aber, nein, ich hatte Angst. Danach, als ich schon fast dreizehn Jahre alt war, hatte ich einen Freund. Er war siebzehn und wollte gleich mit mir schlafen. Da habe ich gleich an den Mann gedacht und »NEIN« gesagt. Er hat mit mir Schluss gemacht. Das ist schon klar, dass die Jungs nur ficken wollen. Entschuldige, ich habe ja keine Ahnung wie Du bist.

Im Jahr 1994 sind wir nach Italien gefahren, schon mit meinem zweiten Vater. Der ist ein mächtiges Arschloch. Als wir noch in Italien waren, hat er mich nicht so oft geschlagen, da hatte ich auch meinen Onkel, schließlich war er der zweite Mensch, der zu mir gehalten hat. Aber in Deutschland ist es noch härter geworden. Jeden Tag Schläge, morgens, mittags, abends und aus welchen Gründen: zwei Minuten zu spät gekommen oder Geschirr nicht gespült usw. Kein einziges Wort in Liebe. Ich wollte schon einmal mit Drogen anfangen.

Noch jetzt habe ich Angst vor einem Jungen, ich meine mit ihm zu schlafen, weil noch etwas passiert ist, schon in Deutschland mit meinem zweiten Vater. Er wollte mit mir schlafen, aber es ist zum Glück nicht gegangen.

Weißt Du, wenn nur ein Zauberer zu mir käme und nach meinen drei Wünschen fragen würde, dann wäre es

ein Vater, der mich liebt, eine Mutter, die mich versteht, und ein Junge, für den schon meine Liebe ausreichte und dass er mich auch liebe.

Ich brauche Liebe, aber ich kann sie momentan nicht bekommen. Wenn Du jetzt sagst, ich will mit Dir nichts zu tun haben, dann bist Du kein Mann, sondern ein Feigling. Oh, sorry! Du musst Dir selbst überlegen, was Du willst.

Wir können uns am Samstag um fünfzehn Uhr am Central Park treffen, ich habe nichts dagegen. Aber bitte rufe mich am Freitag um sechzehn Uhr an. Bitte, bitte, bitte!

Diesen Brief habe ich mit Tränen und im Unglück geschrieben! Verzeih' mir, das kommt nicht mehr vor, wenn es Dir nicht gefällt.

Ich freue mich, Dich zu sehen und zu hören.
In großer Liebe
Deine Steffi

Diese erschütternden Zeilen waren die Antwort auf einen zuvor von Eddie verfassten Brief.

Im Handbuch eines jungen, erfolglosen Dichters »Die schönsten 1000 Liebesbriefe für alle Lebenslagen«, hatte er extra einen Standardliebesbrief ausfindig gemacht. Diesen versandte er gerne, egal, ob er von der Frau nur ein sexuelles Entgegenkommen oder sich gar von ihr eine ernsthafte, feste Beziehung, erhoffte. Er wusste, dass er sich mit diesem Brief nichts verbaute, zumal er nicht zu aufdringlich war und die Frau nicht zum Konsumgut abgestempelt wurde:

Liebe Steffi Becci,
am liebsten würde ich mit Dir eine neue Wiese entdecken, eine Wiese, die das Glücksgefühl eines Berganstieges gekrönt von einem Panoramablick kennt, eine Wiese, die alle

Menschen und Tiere dieser Welt in ihrer Liebe umarmt, eine Wiese mit Blumen, die nie verblühen, eine Wiese mit ewig frischem Gebirgswasser und mit der lindernden Kühle eines großen schattenspendenden Baumes, eine Wiese, nach der wir Träumer wie nach einer Seifenblase greifen, ohne dass sie je zerplatzt.
Dein Eddie

Von Steffis Brief aufgewühlt, machte sich Eddie auf den Weg zum Friseur. Widrige Umstände hatte er schon zur Genüge erlebt. Solche Überraschungsmomente - wie dieser Brief - sorgten für ein totales *Synapsenchaos*, wie er es immer so treffend und doch schwammig auf den Punkt brachte. ›*Die Kleine geht mir richtig ans Herz. Schon rührend, der Brief. Weiß nur nicht wie ich jetzt damit umgehen soll. Na, mir wird sicher mal wieder was einfallen‹*, dachte sich Eddie.

Vor lauter Grübeln merkte er gar nicht, dass er bereits beim Friseur angekommen war. Als er plötzlich die Reklameschrift sah, stolperte er, immer noch in Gedanken, hinein. Lavé begrüßte ihn leise und bat ihn, doch kurz Platz zu nehmen.
Eddie ließ seine Blicke über die weibliche Kundschaft schweifen. Angespannt überlegte er, wie wohl Cindy aussieht, er hatte sie ja noch nie in seinem Leben gesehen, nur ihre prickelnde Stimme am Telefon gehört.

Sein Augenmerk fiel auf eine drahtige Blondine, die gerade von Lavé ihre Haare gewaschen bekam. ›*So eine würde er sich als Cindy gefallen lassen, nur zehn Jahre jünger...‹*, dachte er. Neidisch beobachtete Eddie, wie Lavé behutsam seine Fingerspitzen über ihre Kopfhaut gleiten ließ, und ergötzte sich an ihren sinnlich geschlossenen Augen.

Nach 45 Minuten war nun endlich Eddie Spencer an der Reihe.

Lavé fragte mit halbgesenktem Kopf: »Und Mr. Spencer, wie hätten wir es denn gerne?«

«Kurz, und die Ohren frei!«, erwiderte der lakonisch.

Lavé schnippelte seelenruhig vor sich hin und sprach kein Wort, wobei er so in seine Arbeit versunken war, dass er fast Spencers Nase berührte hätte.

Eddie empfand die Stille als bedrückend und versuchte ein Gespräch anzufangen: »Sie haben wirklich einen schönen Beruf - jeden Tag Kontakt mit tollen Frauen.«

Lavé errötete leicht und erwiderte mürrisch: »Es sind auch genügend olle Weiber dabei, habe wenig zu lachen. Außerdem darf man ja nie zu persönlich werden.«

»Da haben Sie auch wieder recht! Aber nach Feierabend kann man doch die Kontakte ausbauen, wenn Sie verstehen, was ich meine, ha, ha.... Ich bin ja Versicherungsagent, viele meiner Kunden sind gute Freunde von mir!«

Eddies Augen wurden glasig, während Lavé stumm vor sich hinstarrte.

Er ließ sich nicht aus seiner Euphorie bringen und beendete den Besuch beim Friseur mit den Worten: »An ihrer Stelle würde ich mir nichts durch die Lappen gehen lassen. Ich wünsche Ihnen noch einen angenehmen Tag.«

»Ihnen auch«, gab Lavé wortkarg zurück, fegte die Haare auf dem Boden zusammen und schüttete sie in einen grauen Abfalleimer.

Eddie sinnierte auf dem Weg ins Büro noch kurz über Lavé, bis ihm wieder einfiel, dass Miles Lavé ja bereits treffend als Kauz bezeichnet hatte. Mit seiner zackigen Kurzhaarfrisur war er jedenfalls hochzufrieden und das war die Hauptsache für ihn.

Er hörte das Läuten der Kirchenglocken am nächsten Morgen, doch der Aktenberg ließ sich leider nicht durch Beten, sondern nur durch harte Knochenarbeit bewältigen. Er schwelgte noch kurz in Gedanken, bevor er mit der leidigen Arbeit begann: Friseur sollte man sein, das ist ja fast so ein toller Beruf wie Frauenarzt!

Zur Mittagszeit gelüstete ihn nach etwas Kultur in der nächst gelegenen Bibliothek. Zunächst drehte er einen klassischen Achter, wie er es nannte. Mit einer prestigeträchtigen Tageszeitung unterm Arm, schlenderte er - nach der jungen Damenwelt Ausschau haltend - exakt die Route eines Achters. Er liebte es, sich einen gewissen intellektuellen Anstrich zu geben, da er als Nichtakademiker intellektuelle Minderwertigkeitskomplexe hatte und sich vor allem Frauen gegenüber keiner Blöße geben wollte.

Als er eine kleine, süße Maus - vertieft in ein historisches Lexikon über einem Schulheft - sitzen sah, packte ihn die Lust, in seine Trickkiste zu greifen.
Er schnappte sich ein beliebiges, dickes Buch und nahm am Nachbartisch Platz. Er vermied zunächst direkten Blickkontakt mit seinem neuen Opfer. Nur kein vorschnelles Verhalten. Viele Speisen muss man langsam garkochen. Man muss den Bären erst erlegen, bevor man sein Fell teilen kann. Er hatte feuchte Hände und musste sich zur inneren Ruhe zwingen. Er bemühte sich, mit dem Schmöker ›Die Lehren des Sophokles‹ in der Hand, angestrengt lesend zu wirken!
Nach gut zehn Minuten bat er die junge Dame höflich, ob sie so gut sein könne und auf das Buch und besonders auf seine Schreibutensilien aufzupassen. Ihm rauche der Kopf und er müsse sich kurz die Füße vertreten, schließlich würde heutzutage ja so viel

geklaut und er könne die Sachen ja schlecht wie ein Fahrrad anketten.

Die junge Dame stimmte verständnisvoll zu.

Einige Meter weiter blieb er plötzlich wie vom Blitz getroffen stehen. Er musste sich selbst die Hand vor den Mund halten, um nicht laut »unglaublich« herauszubrüllen. Jahrelang hatte Eddie Spencer versucht, seine Traumfrau zu finden, und hatte dabei keine Mühe gescheut, wie sein Archiv dokumentierte. Hier saß sie nun in ihrer ganzen Pracht, strahlend erhobenen Hauptes. Er hatte schon oft gehofft, seine Traumfrau gefunden zu haben, diesmal jedoch war er sich ganz sicher und schließlich war er ja Frauenkenner. Das ist die einzig Wahre!

Allerdings war er aus Erfahrung klug geworden und deshalb vorsichtiger und weniger hoffnungstrunken als früher. Da war die Sache mit der Italienerin in der Bibliothek gewesen. Er hatte sie nach den Spielern der italienischen Nationalelf, nach ihren Geburtsorten befragt und sie hatte ihm, mit warmherzigem Gesichtsausdruck hilfsbereit mit erstaunlichen Fußballkenntnissen überschüttet und sich freudig erregt über seine Einladung zu einem Freundschaftsspiel seiner Freizeitmannschaft gezeigt - und ihn doch kaltblütig versetzt. Hier schwor er sich, Rache am weiblichen Geschlecht zu nehmen. Er musste unbedingt sein Torverhältnis aufbessern. So eine Kränkung konnte er nicht auf sich sitzen lassen.

Vielleicht war das auch einer der Gründe, weshalb er Lucia, eine andere Italienerin, der er den Kopf verdreht hatte und bei der er sich nach ein paar Nächten aus Trotz gegen die Frauen nicht mehr blicken ließ, also quasi sitzengelassen hatte.

Da ihm diese Göttin jetzt aber besonders wichtig war, wollte er nicht den leicht durchschaubaren Trick mit dem Sophoklesbuch durchziehen, sondern das

Projekt mit der Ernsthaftigkeit eines Briefmarken-sammlers, der eine günstige Kaufgelegenheit für die blaue Mauritius wittert, angehen. Er wollte sich nicht die Chance seines Lebens durch einen Patzer bzw. eine vorschnelle Vorgehensweise nehmen. So beobachtete er das holde Wesen unauffällig aus sicherem Abstand. Nach einer qualvollen halben Stunde des Wartens erhob sich die Angebetete, offensichtlich in der Absicht, nach weiterem Lesestoff zu suchen. Geistesgegenwärtig näherte sich Eddie ihrem Platz und steckte ihren kleinen Kalender flink in seine Hosentasche. Hinter einem Regal versteckt, wagte er einen hastigen Kojotenblick auf den Kalender. Auf der ersten Seite war mit klarer und schöner Schrift das eingetragen, was Eddie so sehr benötigte, nämlich Name, Anschrift und ihre heiß ersehnte Telefonnummer. Flugs verließ er nun die Bibliothek und ging geradewegs in sein Büro.

- 4 -

Als er dort eintraf, stand bereits Steffi aufgedonnert in dem teuren Kleid mit schmachtendem Blick vor seiner Bürotür. Noch ehe er die Tür ganz öffnen konnte, fiel sie ihm bereits um den Hals.

»Hallo Schatz! Du siehst ja richtig aufgewühlt aus, hattest du wieder Stress mit einem Klienten?«

»Allerdings! Stress ist gar kein Ausdruck! Ich bin völlig fertig, aber lass uns doch erst mal reingehen. Du kommst etwas ungelegen, ich habe noch wahnsinnig viel zu tun.«

»Du kannst ruhig arbeiten. Ich will nur bei dir sein«, winselte Steffi.

»Aber so süß wie du zum Anbeißen aussiehst, werde ich mich wohl schlecht konzentrieren können. Nun gut, ich mach dir einen anderen Vorschlag: Wir gehen für ein Stündchen in mein Apartment. Dann arbeite ich später eben länger, zumal die meisten Kunden sowieso erst ab achtzehn Uhr erreicht werden können.«

»Das ist eine gute Idee! Ich wollte eh einmal deine Wohnung anschauen!«

Eddie fragte sie in der Wohnung: »Ist mit deinen Eltern jetzt alles okay? Haben sie sich wieder beruhigt?«

»Nein, aber meine Gefühle für dich sind zu stark für mich. Was meine Eltern denken, ist mir egal.«

»Du bist für mich auch die einzig wahre Frau.«

»Hast du meinen Brief eigentlich richtig gelesen? Ich habe wirklich schon viel Grauenhaftes erlebt und möchte nicht noch einmal enttäuscht werden. Außerdem ist der Druck meiner Eltern unermesslich stark.

Sie lehnen dich ab und ich kann dich immer nur heimlich treffen. Am liebsten würde ich einfach meine Sachen packen und bei dir einziehen. Ein Leben an deiner Seite muss so schön sein!«

Eddie war von diesen Worten beeindruckt. Er liebte es, Steffi gewissermaßen in seinen Händen zu haben. Dies war vermutlich auch der Grund, warum er sich gerade besonders auf junge Frauen stürzte. Irgendwie kam es seiner Persönlichkeit sehr entgegen. Starke Persönlichkeiten verunsicherten ihn immer, auch im Geschäftsleben. Diese Problematik hatte ihm schon so manches Geschäft und auch private Beziehungen vermiest.

Er genoss das Zusammensein mit Steffi in vollen Zügen. Die Zeit verstrich im Nu mit dem Aussprechen von gegenseitigen Komplimenten und gemütlichem Gekuschel zu Love Songs. Es war dann Zeit, für sie zu gehen, da ihre Eltern sicherlich schon ungeduldig auf sie warten würden. Außerdem wollte Eddie ja noch einige wichtige Telefonate führen. Der Abschied fiel lange und mehr als herzlich aus.

Neuen Mutes verbrachte er den restlichen Nachmittag mit der Ausfertigung von Versicherungspolicen. Die Tätigkeit, die ihn sonst so anödete, nahm er heute leicht und locker, ja er pfiff sogar fröhlich dabei.

Eddie wurde ungeduldig. Denn obwohl er Glücksgefühle mit Steffi durchlebt hatte, hatte er natürlich seinen Plan mit dem Kalender noch lange nicht vergessen. Steffi war für ihn nur ein Appetithappen gewesen!

Aufgedreht griff er Punkt achtzehn Uhr zum Hörer. Er tippte hurtig die Nummer von Lucia Mellows, der Büchereischönheit vom Nachmittag, ins Telefon. Nach

dreimaligem Klingeln antwortete eine engelhafte Stimme »Mellows.«

»Bin ich, äh, hier, äh, richtig bei Lucia Mellows?«

»Ja, natürlich, um was geht es denn?«

»Ich habe ihren Terminkalender in der Bibliothek neben dem Haupteingang gefunden und möchte ihnen diesen gerne persönlich zurückgeben«, sagte Eddie sanft.

»Das ist ja sehr liebenswürdig von ihnen. Ich dachte schon, mein Kalender sei auf immer verloren. Haben sie übrigens am Samstagabend schon etwas vor?«

»Nein.«

»Aus Dank würde ich Sie gerne in eine Premierenvorstellung am Theater in den ›Besuch der alten Dame‹ von Dürrenmatt einladen.«

Er glaubte seinen Ohren nicht zu trauen! »Da sage ich nicht nein, zumal ich dieses Stück als Schülervorführung schon gesehen habe und mich sehr auf die professionelle Umsetzung freue.«

Eddie schwebte im siebten Himmel. Wie eine Fortsetzung für die Schöne und das Biest. Er war wieder wer. Sein Leben hatte wieder einen Sinn. Er war wieder ganz dick im Geschäft.

Zielstrebig klingelte er bei seiner Nachbarin Kathy. Er fühlte sich, als ob er Bäume ausreißen könnte, und wollte diese Stimmung ausnutzen, um bei Kathy endlich voranzukommen. Kathy bat ihn herein und man nahm mal wieder auf dem Sofa Platz. Kathy legte wieder die altbekannte Bachplatte auf. Eddie ärgerte sich wie immer über die Musik und Kathy begann mit Small Talk den Abend in Schwung zu bringen. Eddie zelebrierte seine Mattigkeit und ließ langsam seinen Kopf auf Kathys Schultern fallen, um sich dann mehr und mehr bei ihr anzuschmiegen. Geradezu wie ein schnurrender Kater, der seine Zunge nach leckerer Milch und

Brekkies streckt. Eddie Spencer erwachte jäh aus seiner Schwärmerei, als Kathy ihm einen donnernden Kinnhaken versetzte und ihn fluchend mit wildem Fauchen und Kratzen aus der Wohnung beförderte.

In seinem Apartment ließ Eddie sich, auf den Boden der Tatsachen zurückgeholt, auf sein Bett fallen und starrte schmollend auf den Terminkalender von Mellows. Er nahm ihn in seine Hände und tätschelte ihn zärtlich. ›Wenigstens du bleibst mir ja noch erhalten. Außerdem bist du sowieso eine ganz andere Dimension als diese Kathy‹, schmollte er.

Trübsal blasend, sinnierte er vor sich hin, um nach einer Stunde hochzuschrecken. Er hatte die Zeit vollkommen vergessen.

Das Telefon schellte und es meldete sich ein gewisser Inspektor Ralph Woolbeck

»Sie sind das also!«, schallte es Eddie mit extrem bissigem Unterton entgegen.

Unsicher gab Eddie zurück: »Wie kann ich Ihnen weiterhelfen, um was geht es denn?«

»Das sollten Sie selbst am besten wissen.«

Kalter Schweiß bildete sich auf Spencers Stirn und er befürchtete schon, dass der strenge Vater von Steffi die Polizei verständigt hätte.

Inspektor Woolbeck setzte fort: »Mir ist da einiges zu Ohren gekommen. Ich möchte Ihnen ja nicht zu nahe treten, aber sagen Sie selbst: Wenn man einer Frau den Kopf in Brustnähe entgegenstreckt, ohne von ihr hierzu eine eindeutige Einladung erhalten zu haben, darf ich das dann als Mann des Gesetzes ungesühnt vonstattengehen lassen?«

»Nein, natürlich nicht«, stammelte Eddie Spencer. »Das soll mir nie wieder vorkommen, lassen Sie in Zukunft bitte die Finger von Kathy Traffic!«, schulmeisterte ihn der Inspektor.

»Ja, Ja, Inspektor Woolworth, Sie können sich auf mich verlassen, Sir.«

»Für Sie immer noch Inspektor Woolbeck, hoffentlich auf Nimmer wiederhören, Mr. Eddie Spencer!«

Der Abend war für ihn nun völlig gelaufen. Er fluchte vor sich hin: »Das lasse ich nicht auf mir sitzen, dieses Biest will Krieg, sie bekommt Krieg.«

Einige Minuten später donnerte Eddie Spencer einen toten Frosch, den er aus der Mülltonne gefischt hatte, und ein benutztes Kondom in den Briefkasten von Kathy. Eddie war derart wutentbrannt, dass es ihn sogar noch zur Telefonzelle trieb, wo er obszöne Worte mit vorgehaltenem Taschentuch in Kathys Hörer stöhnte.

Nachdem er sich ausgetobt hatte, schlich sich Eddie wieder in sein Apartment und konnte sich nur durch fünf heruntergestürzte Dosenbiere in einen bettschweren Zustand bringen.

Trotz fürchterlichem Kater kannte Eddies Wecker am nächsten Morgen keine Gnade. Er quälte sich nur mühevoll aus dem Bett und ging nach einer hurtigen Katzenwäsche obligatorisch zum Briefkasten, einer seiner zentralen Pforten zur Damenwelt.

Dort wäre er fast auf dem toten Frosch und seinem Kondom ausgerutscht. Endlich mal eine menschliche Regung von Kathy, schmunzelte Eddie Spencer in sich hinein und öffnete seinen Briefkasten. Der nächste Schlag für ihn war eine gesalzene Telefonrechnung von 1000 US-Dollar und ein Brief mit jugendlich unbekannter Schrift.

›Frauen gehen ins Geld‹, murmelte er mit fahlem Gesichtsausdruck, ›aber zum Glück kann ich die Telefonkosten über meinen Job absetzen.‹ Als er ins Büro schritt und dabei den Brief las, rutschte er auf einer Bananenschale aus und landete auf seinem Hintern.

›*Diese Kathy*‹, schoss es ihm durch den Kopf, und dass der Brief ja vielleicht von Steffi sein könnte.

Hinter seinem Schreibtisch las er folgende handgeschriebene Zeilen:

Lieber Eddie!

Ja, nun also auch wieder mal ein paar Zeilen von mir [...] Ich muss gestehen, dass ich es mir doch wesentlich einfacher vorgestellt habe mit dem Schreiben, ich tu mich irgendwie noch schwer, meine Gedanken und Gefühle in Worte zu fassen. Außerdem herrscht in meinem Kopf so ein großes Durcheinander... hm, das reinste Synapsenchaos eben, wie Du das immer so treffend nennst!

An dieser Stelle blitzten Eddies Augen wild auf, weil es für ihn eine absolute Genugtuung darstellte, wenn jemand sich seiner Wortschöpfungen bediente, und er verfiel wie Fred Feuerstein, sein Kinoliebling, in lautes *Yappa - Yappadooh - Geschrei.*

Weiter im Brief heißt es:
Es kommt mir so vor, als führten mein Verstand und mein Herz einen wilden Krieg gegeneinander, ja und ich stehe da irgendwo zwischendrin und komme mir so hilflos vor, so schrecklich hilflos...

Diese Zeilen erfüllten Eddie mit Genugtuung. Endlich konnte er solche Worte mal von einer Frau hören. Bisher hatte er mit so etwas immer nur Marc in den Ohren gelegen. Er fühlte sich wie ein Statist, der vom Regisseur überraschend die Hauptrolle zugeteilt bekommen hatte.

Er las weiter:

Ich versuche ständig, diese momentane Situation mit meinem Verstand zu erfassen, dabei stoße ich aber an meine eigenen Grenzen. Ach, warum muss der Mensch nur immer alles ergründen und erforschen, warum muss er für alles eine rationale Erklärung finden, warum darf ein Geheimnis nicht auch mal ein Geheimnis bleiben? Aber in unserem Fall gibt es wohl wirklich keine Erklärung, die man mit dem Verstand herbeiführen könnte, es ist einfach alles viel zu abstrakt und verrückt.

Ich weiß nur eins: ES MUSS SO SEIN!!!

Und ich bin froh und glücklich, dass es so ist, denn Du bist ein besonderer Mensch und ich bin davon überzeugt, dass Du mich und mein Leben bereicherst, sowie ich auch Dir etwas Wertvolles geben und sein will.

Ich hätte es wirklich niemals für möglich gehalten, dass ich durch ein einziges Telefonat eine so heftige Zuneigung und ein so starkes Vertrauen entwickeln könnte. Es ist wirklich so etwas Neues, so etwas Wunder - Wunder - Schönes und ich kann es noch gar nicht glauben, dass es mich getroffen hat, dass ich so etwas erleben darf!

Es muss ganz sicher mehr dahinter stecken... eine Chance? Eine Prüfung?

Wenn ich Dir sagen würde, dass ich da nichts spüre, dass ich nichts für Dich empfinde so hätte ich Dich angelogen und mich und meine Gefühle nicht ernst genommen. Gleich von Anfang an, beim ersten Hören Deiner Stimme, habe ich so etwas Vertrautes herausgehört, so etwas herrlich Warmes und Beruhigendes. Je länger wir an diesem Abend miteinander telefonierten, umso größer wurden meine Sympathie und meine Neugier, welcher interessante Mensch sich hinter dieser warmen Stimme verbirgt.

Und je öfter wir miteinander reden, umso wertvoller wirst Du für mich, und umso intensiver werden meine Empfindungen für dich.

Überrascht las Eddie auf Blümchenbriefpapier weiter:

Ich hatte schon mit einem Auflegen gerechnet, was ich aber auch zu gut verstanden hätte. Du musst wohl auch etwas geahnt haben, dass da was nicht ganz stimmen kann?

Ich bin so dankbar für Deine Einsicht und Dein Verständnis und dafür, dass Du mich nicht fallengelassen hast.

Eddie, die Situation ist nicht gerade leicht für mich, wohl für keinen von uns beiden.

Kalter Schweiß rann ihm beim Lesen über seine Stirn. Er las mit Herzflattern weiter.

Und wenn wir schon offen miteinander reden, muss ich Dir mitteilen... Ich weiß, das tut jetzt weh... ich bin in einer Beziehung.

Wir können gute Freunde bleiben, pochte es durch Eddie Spencers Schläfen wie Pistolenschüsse, Eddie hatte diesen Satz in seinem Leben von Frauen schon so oft hören müssen.

Obwohl momentan ein kleiner Stillstand eingetreten ist, liebe ich den Andy noch.

Wogen der Hoffnung durchfluteten Eddie. Er spürte einen unangenehmen Stich in der Herzgegend.

Ich weiß, dass diese Worte Dir wohl ziemlich weh tun müssen, aber ich will einfach, dass Du das weißt, die Dinge sind so...

Eddie plumpste resigniert mit deprimiertem Gesichtsausdruck in seinen großen braunen Ledersessel neben der Kaffeemaschine.

Im Brief folgte:

Es hilft Dir vielleicht, mich besser verstehen zu können. Weil ich Deine Gefühle am Telefon nicht immer wörtlich erwidern kann und ich oft einfach nur schweige. Ich will

keinem von Euch beiden wehtun, weil ihr mir so unsagbar viel bedeutet. Ich habe Angst...

Mit Schweiß auf der Stirn las er weiter.

Ich habe Angst vor der Entscheidung zwischen Euch beiden, die wohl früher oder später auf mich zukommen wird.
Ja, ich bin verliebt in Dich und ich denke, dass Du das auch merkst. Doch manchmal habe ich das Gefühl, als müsste ich mich sofort auf der Stelle für Dich entscheiden und eine dreijährige Beziehung einfach so aufgeben.

Der Brief war für Eddie zum Verrücktwerden, eine ständige Achterbahnfahrt der Gefühle und mittlerweile saß er mit weichen Knien auf seinem Sessel, goss sich einen Magenbitter hinter die Binde und las dann gefasst weiter:
Das kannst Du nicht einfach von mir erwarten, dazu will ich Dich einfach noch mehr kennenlernen, und ich freue mich so sehr darauf.

Ich kann es kaum noch erwarten!
Oh, ich bin schon so aufgeregt, wie wird es wohl sein, unser erstes Treffen?

Das war genau die Frage, die Eddie Spencers Hirn schon so oft zermartert hatte. Es hätte mittlerweile Birnenmus im Einmachglas alle Ehre gemacht. Mit verschwitzten Händen las Eddie Spencer weiter:
Bestimmt so, wie wenn sich »alte Bekannte« nach Jahren wiedersehen, ja, so wird es sein.
Jetzt hoffe ich nur, dass dieser Brief noch am Mittwoch bei Dir ankommt, wo Du doch so lang nun schon darauf warten musstest...

Eddie, ich freue mich auf Dich!
Ein ganz lieber Gruß von Deiner
Cindy

Ihre Worte hallten in Eddies Kopf wie ein Echo nach.

Mit diesem Brief auf dem Herzen schlummerte Spencer mit verklärtem Gesichtsausdruck und süßen Träumen - mit über Wiesen tanzenden jungen Frauen mit Blumen in den Haaren - ein.

Der nächste Tag plätscherte bei Eddie so vor sich hin.

- 5 -

Unterdessen hatte Steffi einige Tage schon wieder die Schulbank gedrückt, wobei sie des Nachts oft von Eddie träumte, wie sie gemeinsam aufregende Abenteuer bestanden. Sie war tags darauf so unausgeschlafen, dass sie des Öfteren im Schulunterricht in ein tiefes Nickerchen fiel, wo sich wiederum alles um Eddie drehte. Heute, am Donnerstag, malte sie sich aus, was sie alles mit ihm nach der Schule erleben würde. Vor allem freute sie sich darauf, von ihm mit seinem Porsche im Schulhof vor den neidischen Blicken ihrer Schulkameraden abgeholt zu werden.

Ihr Lehrer, der sie schlafend erblickte, sprach sie an, doch als sie keine Anstalten machte aufzuwachen und die Klasse immer unruhiger wurde und er, statt mit dem Unterricht fortzufahren, auf sie starrte, riss ihm der Geduldsfaden und er zog sie am T-Shirt, bis sie erschreckt erwachte.

Wie vom Affen gebissen, rief Steffi: »Fummeln Sie nicht an mir herum, Sie Lustmolch.«

Das verunsicherte den jungen Lehrer, doch bevor er vollends wie eine Tomate anlief, verdonnerte er sie für den Nachmittag zum Nachsitzen. Steffis Augenbrauen zogen sich wutentbrannt nach oben und auf ihrer Stirn bildeten sich Falten, in ihre Wangen schoss Zornesröte.

Der Lehrer, sich wieder fangend, tönte weiter: »Da kannst du mal nachdenken über deine große Klappe. Heute Nachmittag wirst du genügend Zeit dazu haben. Deinen Eltern sag ich gleich Bescheid, dazu bin ja als Lehrer verpflichtet.«

Jetzt war es mucksmäuschenstill in der Klasse.

Kurzzeitig war Steffi verdattert, doch nach dem Ende des regulären Schulunterrichtes beschloss sie, die Schule zu schwänzen, und machte sich freudig auf den Weg zum Schulhof. Da stand auch schon Eddie mit seiner Prachtkarosse. Die anderen warfen neidische Blicke auf sie, die sie sichtlich genoss, und sie wurde mit jedem Schritt in Richtung Wagen immer größer. Sie kam sich vor wie ein großer Star, der stehende Ovationen bekommt.

Eddie empfing sie mit: »Ging heute aber ganz schön lang, mein Schatz.«

»Dafür habe ich jetzt aber auch den ganzen Nachmittag Zeit, weil meine Eltern denken, dass ich nachsitzen muss.«

Erwartungsvoll blickte sie Eddie an. »Am Hudson River kenne ich ein lauschiges Plätzchen, da sind wir beide ungestört.«

»Das ist schön«, meinte Steffi Becci mit verschmitztem Gesichtsausdruck und sie errötete leicht.

Die beiden erlebten einen wundervollen Sommernachmittag am Fluss.

Schließlich brachte Eddie Spencer sie pünktlich zum Abendessen um neunzehn Uhr nach Hause, wobei Steffi beim Aussteigen triumphierte:

»Heute kann mir zuhause nichts passieren; ich habe ja nachsitzen müssen.«

»Ja sicher«, lachte Eddie und fuhr zufrieden los.

Doch Steffi Becci sollte ihr blaues Wunder erleben; ihr Lehrer hatte ihren Vater angerufen und ihre Mutter war weg zum Putzen. Ihr Vater drosch sie mit dem Gürtel windelweich. Steffi erfasste ein tiefer Zorn, der sich durch ihren ganzen Körper zog, über ihren Vater. Sie schaute grimmig, versuchte wahllos mit der lin-

ken Hand gegen ihren Vater loszuschlagen, was durch eine schallende Ohrfeige vereitelt wurde.

Aus ihrer aufgeplatzten Lippe lief Blut. Ihr Vater hatte mit dem Ehering an der Hand zugeschlagen, was zusätzlich ihre zarten Wangen aufgerissen hatte.

Schließlich ging sie gebeugt in ihr Zimmer und sank auf ihr Bett. Sie schnappte sich verzweifelt die Reste ihres Puppenkörpers und stach mit der Stricknadel auf sie ein.

Eddie Spencer hingegen rief Marc Salesbreed an, um dem drohenden Alleinsein in den Abendstunden entgehen zu können. Marc stimmte dem Treffen mit Eddie sofort zu, da er wie immer sowieso nichts zu tun hatte. Sie trafen sich im ›Blue Daddy‹, einer Jazzkneipe in Manhattan.

Eddie erzählte mit stolzer Stimme, welche Eisen er im Feuer hatte, und ließ es sich nicht nehmen, Marc mit dem Kalauer aufzuziehen: »Du hast ja nur null aus null vorzuweisen!« Er meinte damit getreu seinem Fußballjargon, keine Versuche und auch keine Tore bei Frauen erzielt zu haben. Marc wurde stinksauer und starrte mürrisch in sein Bierglas.

Doch ganz ohne Selbstzweifel ging es bei Eddie nicht ab. Er teilte Marc mit, wie toll es wäre, wenn er ein Stück seines teuflischen Verstandes für ein bisschen mehr Schönheit eintauschen könne. Marc klebte aufmerksam wie ein Verdurstender in der Wüste an seinen Lippen.

Einige Zeit später kam Eddie leicht angetrunken in seinem Apartment an. Kaum hatte er vor seinem Badezimmerspiegel das alte Spielchen *Ich kenne dich nicht, aber ich putz dir trotzdem die Zähne* gespielt, läutete es an seiner Tür.

Inspektor Woolbeck stand mit gezückter Dienstmarke vor dem verdutzten Eddie. »Stör ich?«, schoss es Eddie entgegen.

»Ah, äh, um was geht es denn, kommen Sie doch rein«, stammelte Eddie.

»Ihre Nachbarin Kathy Traffic wurde heute Abend tot im Central Park aufgefunden. Sie wurde grauenvoll zugerichtet, offenbar Opfer eines Gewaltverbrechens.«

Nervös, an seinen Nägeln kauend, sank Eddie Spencer in seinem Sessel zusammen.

Inspektor Woolbeck fuhr in seinen Ausführungen fort: »Wir kennen uns ja bereits vom Telefon. Kommen Sie bitte morgen früh um acht Uhr ins Präsidium. Ich an ihrer Stelle würde mir für heute Abend schon einmal ein Alibi überlegen!«

Nachdem sich der Inspektor verabschiedet hatte, griff Eddie Spencer aufgelöst zum Telefon, um Marc auf dem Laufenden zu halten.

Widerwillig quälte sich Spencer am nächsten Morgen aufs Polizeipräsidium, dort wiesen die Hinweistafeln ihn in den zweiten Stock zum richtigen Büro. Er klopfte zaghaft an, worauf ihn Inspektor Woolbeck in sein akribisch aufgeräumtes Büro bat. Eddie saß am Schreibtisch im gestrengen Visier von Inspektor Woolbeck und fühlte sich wie ein Kaninchen vor der Schlange.

»Wo waren Sie gestern Abend zwischen neunzehn und zweiundzwanzig Uhr, Herr Spencer?«, eröffnete Inspektor Woolbeck sachlich das Verhör.

»Ich war mit Marc ein Bier trinken und bin dann nach Hause gefahren«, sagte Eddie Spencer so flapsig, als würde der Inspektor wegen ein paar gestohlener Eier ermitteln.

»Geht es auch etwas präziser? Von wann bis wann waren Sie wo - und hat dieser Marc auch einen Nach-

namen oder ist der nur ein Phantasieprodukt von Ihnen?«, setzte Inspektor Woolbeck scharf nach.

Während Eddie total verunsichert nach Worten fischte und angestrengt versuchte, seine Gedanken zu ordnen, setzte Inspektor Woolbeck nach: »Im Übrigen möchte ich Sie darauf hinweisen, dass der Vater von Kathy Anzeige gegen sie wegen Mordes und Vergewaltigung an seiner Tochter erstattet hat. Deshalb würde ich Ihnen nahelegen, von vornherein bei der Wahrheit zu bleiben und mir nicht irgendwelche Ammenmärchen aufzutischen.«

Eddie sank immer mehr in sich zusammen.

Dann patschte Inspektor Woolbeck in die Hände und vollendete: »Haben wir uns da verstanden?«

Schockiert starrte Eddie auf die verkrüppelten Finger des Inspektors. Kollegen gegenüber pflegte Woolbeck stets mit Heldentaten in Diensterfüllung zu prahlen. In Wahrheit handelte es sich bei dieser Behinderung, die unvermeidlich alle Blicke auf sich zog, aber um einen schlichten Geburtsfehler. Seinen Makel versuchte er durch seinen peniblen Umgangston, korrekte Kleidung, stets frisch gewachste Lederschuhe und nahezu militärischen Befehlston zu überspielen. Inspektor Woolbeck hatte es bereits in seiner Jugend verstanden, aus seiner Behinderung eine Tugend zu machen, rückblickend war gerade seine verkrüppelte Hand in seinem Lebenslauf ein ständiger Motor für seine famose Polizeikarriere gewesen.

Das Geplänkel beendend, forderte Inspektor Woolbeck Eddie nachdrücklich auf: »Nennen Sie endlich Fakten. Was hat es mit dem Kondom und dem toten Frosch auf sich? Jemand, der so etwas tut, ist doch auch zu einem Mord fähig.«

Zunächst starrte Eddie Spencer mit offenem Mund auf den Schreibtisch. Vor seinem Mund bildete sich

eine große Speichelblase, die in ihrer Größe an eine Seifenblase erinnerte. Nach einiger Zeit der eisigen Stille zerplatzte die Speichelblase.

Eddie wischte sich den Speichel mit einem Taschentuch vom Mund und gab konsterniert mit betont sachlicher Stimme von sich: »Im genannten Zeitraum war ich mit Marc im ›Blue Daddy‹.«

»Kann ich das jetzt endlich so zu Protokoll nehmen?«, setzte Inspektor Woolbeck mit der Sensibilität eines Verhörroboters nach. »Dann bräuchte ich noch die Adresse und Telefonnummer von diesem Freund.«

Bereitwillig, in der Hoffnung zumindest nun erst einmal Erlösung aus dieser mulmigen Situation zu finden, gab Eddie die geforderten Daten heraus und unterschrieb das Protokoll. Inspektor Woolbeck hatte es trotz seiner verkrüppelten Hand hurtig in den Polizeicomputer gehämmert. Durch hartnäckiges Üben hatte er es erlernt, mit zwei Fingern rasend schnell zu tippen.

Inspektor Woolbeck konnte sich beim besten Willen nicht verkneifen, Eddie Spencer noch etwas mit auf den Weg zu geben: »Hoffentlich haben Sie es mit dem Verlassen der Stadt nicht so eilig wie jetzt beim Verlassen meines Büros. Das kann ich Ihnen nicht empfehlen!«, setzte Inspektor Woolbeck bissig nach. Und als Eddie Spencer bereits die Klinke in der Hand hielt, donnerte es in seinen Ohren: »Halten Sie sich zur Verfügung in ihren Privat- und Geschäftsräumen!«

Anschließend machte Inspektor Woolbeck sich auf den Weg zu Kathys Vater. Auf der Fahrt jagten ihm die grauenhaften Bilder der letzten Nacht durch den Kopf. Was konnte einen Menschen veranlassen, mit einem Rasiermesser die Brüste einer Frau abzuschneiden, und warum war das Opfer kahlgeschoren, nicht nur am Kopf, sondern sogar im Intimbereich? Selbst unter

den Achseln war kein Härchen mehr zu finden, der Täter bzw. die Täterin hatten offensichtlich völlig geplant in aller Seelenruhe gehandelt. Wer sollte so einen abgrundtiefen Hass gegen Kathy Traffic, eine unbescholtene junge Frau, entwickelt haben?

An der Prachtvilla angekommen, klingelte Inspektor Woolbeck. Eine Haushälterin mit eindeutig afrikanischen Wurzeln öffnete die Tür und bat Inspektor Woolbeck, im Salon Platz zu nehmen. Eddie hätte sich hier bereits in dem tiefen Ausschnitt der Haushälterin verfangen, Woolbeck war da aus anderem Holz geschnitzt. Er war überzeugter Junggeselle. Bei seinen Kollegen auf dem Präsidium galt er als seltsamer Kauz. Mit seinem Motto ›Ich bin alleine in bester Gesellschaft‹ konnten die anderen nichts anfangen.

Die Villa befriedigte Inspektor Woolbecks Hang zur Nostalgie. Kaum hatte er die mondäne Empfangshalle betreten, war er in den Bann von antiken Einrichtungsgegenständen gezogen worden. Er konnte sich schier nicht sattsehen und vergaß vorübergehend den eigentlichen Anlass seines Hierseins.

Als Mr. Traffic, der Vater von Kathy, den Raum betrat, gab es für ihn ein Erwachen. »Guten Tag, Herr Inspektor. Haben Sie das dreckige Schwein schon eingebuchtet?«

Der Inspektor sammelte sich, während er von Mr. Traffic einen Platz angeboten bekam. »Nein, so schnell geht das nicht«, entgegnete er, sich zur Konzentration zwingend.

»Die Beweise sind doch erdrückend. Oder was meint dieser Unmensch zu seinen Spielchen mit dem toten Frosch und dem Kondom? Meine Kathy war ja da bereits völlig am Ende, nach dem Psychoterror dieser Bestie.«

»Jetzt beruhigen Sie sich, Mr. Traffic. Ich habe vollstes Verständnis für Ihre Situation. Wo ist Ihre Frau? Erzählen Sie mir etwas von Ihrer Familie?«

»Meine Frau starb vor sieben Jahren an Leukämie«, erwiderte Mr. Traffic mit feuchten Augen.

»Mein aufrichtiges Beileid«, nahm Inspektor Woolbeck Anteil. Außerdem hatte Woolbeck seit den schmerzvollen Hänseleien seiner Kindheit sich angewöhnt, mit Hilfe seines messerscharfen Verstandes Emotionen zu filtern und nicht sofort Gefühle zu zeigen. Schließlich trug er in seinem tiefsten Inneren eine panische Angst, verletzt zu werden.

Jetzt rang Mr. Traffic nach Worten: »Nach dem Tod meiner Frau blieb mir nur noch die süße, kleine Kathy. Ich setzte alles daran, sie glücklich zu sehen. Kein Tennislehrer war mir zu teuer und kein Ballettunterricht zu weit entfernt, um ihre Träume zu erfüllen. Sie war der Grund, warum ich jahrelang asketisch lebte und mich zum Inventar meiner Firma machte. Ich habe mir nicht einmal teure Hotelzimmer auf Geschäftsreisen gegönnt - und dann brennen bei diesem Spencer die Sicherungen durch und er fällt wie ein Tier über sie her.« Mr. Traffic hielt seinen Kopf leicht gesenkt, während Inspektor Woolbeck ungeduldig mit den Fingern seiner linken Hand auf seinen Schenkeln tippelte.

Er unterbrach Mr. Traffic in seiner von Wut und Pein geprägten Rede und bat ihn mit sanfter Stimme: »Beruhigen Sie sich!«

Doch dies vermochte den Hausherrn nicht zu besänftigen und er rief: »Tun Sie endlich etwas, bevor ich etwas tue!«

»So wahr ich Inspektor bin«, holte der Inspektor pathetisch aus, »werde ich alles in meiner Macht Stehende zur Aufklärung des Falles tun. Als Nächstes muss ich Spencer wegen der Sache mit dem Frosch verhören.«

»Na, dann los«, stieß Mr. Traffic aus und in seinen Augen spiegelte sich das Rachebedürfnis eines völlig von der Schuld des Täters überzeugten Inquisitors.

»Machine Sie keine Dummheiten«, beendete Inspektor Woolbeck das Gespräch und erhob sich. Sein nächstes Ziel war Marc Salesbreed.

Vom Auto aus sprach er mit seinem Assistenten Yellowkingfish per Funk über die Chancen, eine Polizeiverfügung zu bekommen, den Central Park absperren zu lassen bzw. diesen an allen acht Zugängen zu U-Bahnstationen von Polizeipersonal überwachen zu lassen.
Sein Assistent Yellowkingfish stellte klar, dass für eine solch kostenintensive Maßnahme ein sehr hoher Handlungsbedarf gegeben sein muss.
»Der besteht eindeutig«, entrüstete sich Inspektor Woolbeck und platzte heraus: »Es dürfen keine weiteren Menschen zu Schaden kommen.«
Sein Assistent konstatierte nüchtern: »Es ist sehr unwahrscheinlich, dass selbst, wenn dies der Auftakt zu Serienmorden sein sollte, der Täter wieder am gleichen Ort zuschlagen wird.«
Daraufhin bat Inspektor Woolbeck seinen Assistenten, beim Gerichtsmediziner mehr über das Tatwerkzeug zu erfragen und Nachforschungen darüber anzustellen, in welchen Geschäften ein solches erworben worden sein könnte.
Schließlich war Woolbeck im Wohnviertel von Mr. Salesbreed angelangt. Dieser wohnte in einer wesentlich bescheideneren Gegend als Kathys Vater. Neben qualmenden Fabrikschornsteinen und dem eintönigen Geratter von Maschinen, fand Inspektor Woolbeck die Bude von diesem Salesbreed. Als er den verschlungenen Pfad durch Kompostmüll zu der Wohnung gehen wollte, passierte ein Parfümbomber mit dick aufgetragener Schminke die Straße und Inspektor Woolbeck sinnierte: »Hier kommt man geruchsmäßig ja glatt vom Regen in die Traufe. Naja, ich bin ja nicht von der Sitte aus hier.«

Er ging zielstrebig weiter und betrat ein herunterge-
kommenes Treppenhaus, klopfte an der Tür von Marc
Salesbreed und als niemand reagierte, drückte er die
Klinke herunter, die er daraufhin in der Hand hielt.

Die Bude von Marc Salesbreed befand sich in fürchterlichem Zustand. Inspektor Woolbeck sah ein einziges Chaos. Auf dem weißen Furnierküchentisch nähr-
ten sich bereits Maden von faulendem Blumenkohl, im
stinkenden abgestandenen Spülwasser schwammen
verrostete Töpfe und nackte Bierflaschen. Vergilbte,
halb heruntergerissene Vorhänge hingen an den Wän-
den. Vor dem Spülbecken kniete eine schmuddelige
Gestalt.

Inspektor Woolbeck war leidenschaftlicher Cineast,
der sein Wochenende am Freitagabend mit einem
Film in seinem Stammkino einzuleiten pflegte. Er hatte im Laufe seines Kino- und Berufslebens schon viel
erlebt, aber so etwas war ihm noch nicht unter die Augen gekommen.

Inspektor Woolbeck räusperte sich: »Herr Salesbreed?«, woraufhin dieser überrascht zusammen-
zuckte, denn er war gerade damit beschäftigt, nicht
gespültes Geschirr auf dem Küchenboden vor der
Spüle zu stapeln.

»Darf ich mich vorstellen, mein Name ist Inspektor
Woolbeck.«

Salesbreed schaute verdutzt auf.

»Ich bin hier im Mordfall Kathy Traffic und muss ihnen einige Fragen stellen. Am besten bleiben wir beide stehen; bei ihnen kann man sich ja schlecht hinset-
zen«, setzte Inspektor Woolbeck lachend nach.

Salesbreed schaute ihn leicht verschämt an. In
diensteifrigem Ton setzte Inspektor Woolbeck fort:
»Kennen Sie einen gewissen Eddie Spencer?«

»Jawohl, das ist ein Kumpel von mir.«

»Wann haben Sie ihn zum letzten Mal gesehen?«

Salesbreed stammelte mit gerötetem Gesicht: »Wir telefonieren öfters... aber äh, gesehen habe ich ihn, ja, jetzt fällt es mir wieder ein, äh,..., das war am Donnerstag als wir im ›Blue Daddy‹ einen trinken waren.«

»Herr Salesbreed, Mord ist eine ernste Angelegenheit, überlegen Sie bitte ganz genau, von wann bis wann Sie zusammen waren«, redete der Inspektor ihm eindringlich ins Gewissen.

»Ja, also...«, fing Salesbreed flapsig an, »wir waren von neunzehn Uhr bis um neun herum im ›Blue Daddy‹ und dann rannte Eddie plötzlich fort, weil er wohl einen wichtigen Versicherungstermin hatte.«

»Können Sie genauer belegen, wann Sie das Restaurant verlassen haben, besser gesagt, wann Sie nach Spencer das Restaurant verlassen haben, vielleicht haben Sie ja noch einen elektronischen Rechnungsbeleg mit der genauen Uhrzeit«, wollte Inspektor Woolbeck nüchtern wissen.

»Sie kommen auf Ideen«, staunte Salesbreed sich im Zimmer umschauend. »Ich habe den Beleg vielleicht hier irgendwo hingelegt.«

»Ja, dann machen Sie sich mal auf die Suche.«

Salesbreed machte sich eilends auf die Suche, minutenlang wühlte er an allen denkbaren - bis hin zu schier unmöglichen - Orten, wie seinen alten lauten Kühlschrank - ohne Erfolg.

Inspektor Woolbeck spielte ungeduldig mit den Fingernägeln seiner linken Hand und sagte mit einem leichten Schmunzeln: »Ihr Chaos ist wirklich sicherer als jeder Tresor!«

Unbeeindruckt suchte Salesbreed weiter und zog nach einigen weiteren Minuten einen zerknautschten Zettel aus dem Altpapier hervor auf dem 21:23 Uhr stand.

»Wunderbar«, triumphierte Woolbeck. »Wie lange vor ihnen, schätzen Sie, hat Eddie Spencer die Lokalität verlassen?«

»So ungefähr eine Viertelstunde«, erwiderte Salesbreed mit unentschlossenem Gesichtsausdruck.

»Es kann aber wohl auch etwas länger gewesen sein«, folgerte Inspektor Woolbeck schnippisch und dachte bereits an ein Verhör des Wirtes.

»Ja«, gab Salesbreed kleinlaut zu. »Kommen Sie bitte morgen im Laufe des Vormittages ins Polizeipräsidium in mein Büro zum Unterzeichnen des Protokolls.«

»Alles klar«, sagte Salesbreed mit gewohnt treudoofem Blick, den Ernst der Lage nicht erkennend.

Euphorisch summte Inspektor Woolbeck auf dem Weg zu seinem alten Mercedes Coupé »My Way« von Frank Sinatra. Mit erhöhter Geschwindigkeit schoss er zu Eddie Spencer. Er war der einzige Polizist im gesamten Präsidium, der es durchgesetzt hatte, seinen Privatwagen als Dienstfahrzeug nutzen zu können und dessen Sammlung von geblitzten Photos zur allgemeinen Erheiterung seiner Kollegen im Präsidium beitrug.

Der Freitag hatte für Eddie währenddessen sehr arbeitsam begonnen. Nachdem er ein paar Vertragsverlängerungen für die nächste Woche vorbereitet hatte, stand er jetzt vor seinem großen Aktenschrank. In der oberen Reihe stand in großen Lettern ›Versicherungen‹, wo seine Klientel alphabetisch geordnet zu finden war. Die untere Reihe war den Projekten gewidmet. Dahinter verbargen sich nichts anderes als sämtliche Frauenkontakte, die Eddie Spencer im Laufe der Zeit geknüpft und in sorgsamer Kleinarbeit, so umfassend wie möglich, - am liebsten - mit Aktbild archiviert hatte. Seinen Blick über die Akten schweifen lassend, fraßen sich seine Augen plötzlich an dem Hängeordner Cindy fest. Siedend heiß fiel ihm hier wieder ein Berg von Arbeit ein. Er begann in den Akten zu blättern und

sah mit Schrecken, dass der letzte Brief bis heute von ihm noch unbeantwortet geblieben war. In seinen Terminkalender blickend, grübelte er und beschloss ›Ich rufe Cindy jetzt an und mache einen Termin für Sonntag aus. Nachdem ich am Samstag Steffi und die Mellows getroffen habe, bin ich bestimmt in guter Stimmung.‹ Er rief die überglückliche Cindy an und sie verabredeten sich für Sonntagnachmittag zu ihrem ersten Rendezvous im Central Park.

Kaum hatte Eddie Spencer den Hörer aufgelegt, donnerte es gegen seine Tür. Er öffnete und Inspektor Woolbeck setzte ihm sofort die Pistole auf die Brust: »Ihr Alibi ist geplatzt.«

»Ja, aber, wie, äh...äh«, stammelte Eddie.

»Außerdem: Wo sind Sie denn am besagten Abend zur Tatzeit so schnell hingerannt? Das können Sie mir jetzt mal erklären?«

»Ja, hmmh, ich hatte noch einen Kunden.«

»Hat der Kunde auch einen Namen?«

»Ja, der Miles, der wollte mich noch im Büro treffen.«

»Und, um wieviel Uhr?«, setzte Inspektor Woolbeck bissig nach.

»Äh, so zwischen neun und zehn Uhr abends. Miles ist aber nicht gekommen.«

»Hat Sie jemand, zum Beispiel eine Putzfrau, auf dem Weg ins Büro oder direkt dort gesehen, der das bezeugen könnte?«

Über Eddie Spencers Gesicht rann kalter Schweiß. »Nein«, antwortete er gequält.

»Jetzt passen Sie mal auf, wenn wir uns die Sache mal auf einem Blatt Papier aufzeichnen.«

Flink zog Inspektor Woolbeck mit seiner verkrüppelten Hand Papier und Bleistift aus der Jackentasche. Eddie Spencer schaute ungläubig zu.

Er verbrachte die Nacht auf der harten Pritsche und konnte erst spät Schlaf finden.

Am nächsten Morgen wurde Eddie Spencer von Kälte geweckt. Mühsam versuchte er noch zu schlafen, als sich plötzlich die rostige alte Zellentür öffnete.

Der Gefängniswärter brüllte ihn an: »Es scheint, dein Kurzauftritt hier ist zu Ende. Du sollst dich beim Direktor melden.«

Mit großem Unbehagen begleitete ihn der Wärter, der jedes Mal von tiefen Gewissensbissen geplagt war, ob man solche Halunken überhaupt jemals wieder auf die Menschheit loslassen dürfe. Der Direktor teilte Spencer mit, dass er auf Kaution, die seine Mutter für ihn gestellt habe, auf freien Fuß gesetzt werde. Eddie fiel ein Stein vom Herzen, weil er ja mit Steffi und Mellows an diesem Samstag verabredet war.

Seine Mutter begrüßte ihn am Gefängnistor: »Was machst du für Sachen, mein Junge? Hängt das wieder mit so einer Frauengeschichte zusammen?«

»Ach was, da will mir nur einer was unterstellen. Ich bin jetzt ganz redlich, schließlich habe ich die einzig wahre Frau gefunden.«

»Na, dann bringe ich dich jetzt heim. Dann ist ja alles okay«, antwortete die Mutter, ihren Sohn in den Arm nehmend.

Zuhause angekommen, ging Eddie Spencer in sein Badezimmer. Nach den Strapazen der letzten Zeit genoss Eddie Spencer eine gründliche Dusche. Er hatte das Gefühl, dass durch das Entfernen von körperlichem Schmutz auch psychischer von ihm abfiel. Er verjüngte sein Gesicht durch eine gekonnte Rasur und nach reichlichen Spritzern Rasierwassers fühlte er sich wie ein neuer Mensch. Frohen Mutes machte er sich wie ein Held der Rasierwasserwerbung auf den

Weg zu seinem vielversprechenden Rendezvous mit der kleinen Becci.

Schließlich stolzierte er mit siegessicherer Miene wie ein Torero in die Arena. Kaum hatte er sie begrüßt, fiel sie ihm auch schon um den Hals, gab ihm einen dicken Kuss auf die Wange und hauchte: »Hallo, Schatz, ich dachte schon, du kommst nicht, weil du ja gestern nicht angerufen hast.«

»Ich war auf wichtiger Geschäftsreise«, fiel Eddie zum Glück eine passende Ausrede ein.

»Hauptsache, du bist jetzt da«, flüsterte Steffi und tätschelte seinen rechten Arm. Eddies Blick verfing sich kurzfristig in dem hautengen Kleid, das er ihr bei ihrem ersten Treffen spendiert hatte. Schlendernd gingen sie zu seinem Auto, mit dem er nur allzu gerne protzte. Ein schnittiger Porsche, von dem Eddie Spencer schon eine von sechzig Raten abbezahlt hatte - günstig gebraucht erstanden. Steffi war noch immer tief beeindruck: »Und der gehört wirklich dir?«

»Natürlich«, brüstete sich Eddie. »Der ist auf Heller und Pfennig bezahlt«, gab er weiter an.

Anerkennend tätschelte Steffi Eddies Arm und strahlte ihn an: »Komm, wir gehen wieder zu dir!.«

Eddie Spencer dachte sich: ›Schön, dass die Kleine den Vorschlag bringt, da habe ich schon eine Sorge weniger, schließlich ist die Sache mit den Briefmarkenalben schon manchmal gewaltig in die Hose gegangen.‹ Er hatte es schon erlebt, dass eine Frau ihn angegrinst hatte: »Bumsen wäre ich mitgegangen, aber Kaffeetrinken, nee, dazu habe ich nun jetzt wirklich keine Lust.« Das war der Grund, warum Eddie Spencer die Frauen hasste und immer das Gefühl hatte, ihnen in der ewigen Bilanz unterlegen zu sein, auch wenn er heute mal wieder etwas für sein Torverhältnis tun wollte.

Mit peitschenden Rhythmen aus dem Radio düste Eddie Spencer mit Steffi und somit mit doppeltem Be-

sitzerstolz in seinem Schlitten den kürzesten Weg zu seinem Apartment, um das Risiko, gesehen zu werden, zu minimieren.

Die Sperenzchen von Inspektor Woolbeck hatten ihn in letzter Zeit etwas verunsichert. Allerdings hielt Inspektor Woolbeck mit seinem Mercedes Coupé verdeckt vor Spencers Haus Wache. Woolbeck patschte wieder einmal in seine Hände und sprach zu sich: »Ich habe es ja gewusst, der Kater lässt das Mausen nicht.« Inzwischen waren Eddie Spencer und Steffi Becci beim Apartment angekommen.

Höflich, als Kavalier der alten Schule, sagte Eddie zu Steffi Becci: »Bleib ruhig sitzen, ich mach' dir die Wagentür auf.«

Steffis Augen funkelten bei seinen Worten wie Sterne am Abendhimmel. Noch nie zuvor, schon gar nicht von ihrem Vater, hatte sie sich von einem Mann so respektiert gefühlt.

In der Wohnung angekommen, bat Eddie Steffi im Wohnzimmer Platz zu nehmen. Er verschwand in der Küche und zauberte aus einer futuristischen Maschine in Lichtgeschwindigkeit einen Espresso und kredenzte ihn vor ihr auf dem Wohnzimmerglastisch. Dann sagte er: »Ich gehe noch schnell auf die Toilette.«

Steffi Becci nippte unterdessen am Espresso.

Dann schlich sich Eddie Spencer lautlos wie ein Panther auf Beutefang an. Steffi saß unschuldig wie ein schwarzes Lämmlein auf dem weißen Ledersofa. Er verschloss ihr mit seinen hosentaschengroßen Händen die Augen und zärtelte: »Ich habe noch eine Überraschung für dich.«

Vertrauensvoll und ruhig erwiderte Steffi: »Da bin ich ja mal gespannt.«

Mittlerweile war Inspektor Woolbeck von Neugierde getrieben aus seinem Wagen zur Wohnungstür von Eddie Spencer geschlichen. Gespannt wie ein Klapp-

messer, lauschte er mit dem Ohr an der Tür wie ein Sherlock Holmes dem Geschehen. Er rechnete schon mit dem Schlimmsten, als er Steffi Beccis überraschten Ausspruch hörte: »Ein Handy, wie süß.«

»Damit du mich immer erreichen kannst. So brauchst du wegen deinen Eltern keine Angst beim Telefonieren zu haben.«

Inspektor Woolbeck tippelte langsam vor der Wohnungstür hin und her und dachte. *›Die Situation schmeckt mir immer weniger, aber noch habe ich keine juristische Handhabe einzugreifen, weder strafrechtlich noch polizeirechtlich.‹* Es war ein schreckliches Wechselbad der Gefühle für Inspektor Woolbeck.

Als Nächstes präsentierte Eddie Steffi schwarze Reizwäsche, die er, wie andere Leute Socken, auf Vorrat in seinem Nachttischchen aufbewahrte. Verlegen errötend senkte Steffi ihren Blick und fiel in ein tiefes Tal des Schweigens. Inspektor Woolbeck wusste zwar, dass Schweigen ein positiver Gradmesser für eine Beziehung sein konnte, aber ausgeschlossen wie ein streunender Hund vor der Tür, ließ ihn diese Totenstille fast innerlich explodieren.

›Jetzt erwürgt er sie gerade!‹, durchschoss es Woolbecks heiß laufendes Hirn.

Als er gerade zum Aufbrechen der Tür mit seiner American Express ansetzen wollte, vernahm er erleichtert Steffi Beccis Stimme: »Darf ich das gleich mal anprobieren?«

»Nur zu«, frohlockte Spencer und lenkte sie mit liebevollen Schubsern ins Badezimmer.

»Was geht da nur vor sich?«, rätselte der Inspektor, der es wie die Pest hasste, nicht Herr der Lage zu sein. Nervös kratzte er seinen Oberschenkel, er hätte seinen 280er Mercedes SL Coupé hergegeben, um in dieser Situation Mäuschen spielen zu können.

Schließlich wurde er aus seinem Sinnieren durch laute Schreie von Steffi Becci: »Nein, - nicht!« aufgeschreckt und stellte sich ihr angstverzerrtes Gesicht unter einem riesigen Küchenmesser vor, ehe sich seine juristische Ausbildung durchsetzte und ihn zur Vernunft rief. Er wusste, wenn sich ein Mann selbst umbringen wollte und man zusah, war das Tötung durch Unterlassen und wenn man zuschaute, wie er dann im Strick zappelte, konnte man sich immer noch wegen unterlassener Hilfeleistung strafbar machen.

Sekundenschnell vollzog sein Kopf eine Gefahrenabschätzung, war ein Hausfriedensbruch seinerseits durch eine Gefahrenabwehrhandlung zum Schutze der jungen Frau gerechtfertigt? Er hatte schon die Schlagzeile in der Presse nach einem Fehltritt vor Augen. So etwas könnte seine famose Polizeikarriere abrupt beenden, vom schallenden Gelächter seiner neidischen Kollegen ganz abgesehen. Er hatte sich eine famose Polizistenkarriere aufgebaut, die sollte weitergehen. Er war ein abgebrochener Jurist, der sich im theoretischen Paragraphenwald verirrt hatte und jetzt endlich praktisch der Gerechtigkeit auf Erden zum Durchbruch verhelfen wollte. »Ich kann doch nicht Ohrenzeuge eines Verbrechens werden, ich muss da jetzt rein. Das Risiko ist es wert.«

Entschlossen brach Woolbeck die Tür auf und riss den über Steffi Becci gebeugten, entblößten Eddie Spencer von ihr herunter.

»Sie Schwein, versündigen Sie sich schon wieder?« Überrascht hielten Eddie und Steffi sprachlos in ihrem Tun inne. Inspektor Woolbeck war geladen wie eine gezündete Handgranate, führte Spencer mit Polizeigriff zum nächstbesten Stuhl und kettete ihn dort mit Handschellen fest. Die halbnackte, verdattert blickende Becci wurde von Inspektor Woolbeck harsch auf

den Boden der Realität zurückgeholt: »Jetzt ziehen Sie sich erst einmal etwas an.«

Langsam folgte die junge Frau der Aufforderung von Woolbeck. Nach einem suchenden Blick sammelte sie Stück für Stück ihre im ganzen Apartment verstreuten Klamotten ein.

»Dalli, dalli, jetzt bring' ich Sie ins wohlbehütete Elternhaus.« Und mit einem giftigen Blick zu Eddie Spencer: »Wir beide können ja noch ein bisschen auf dem Polizeipräsidium plaudern.«

Wie ein Päckchen verschnürt fand sich Eddie Spencer wenige Minuten später in Inspektor Woolbecks Auto wieder.

Mit besorgtem Gesichtsausdruck beobachtete Steffi vom Beifahrersitz aus im Innenspiegel den in Eddie Spencers Mundhöhle bedenklich eng sitzenden Knebel. »Das können Sie doch nicht machen!«

»So einer kriegt durch die Nase noch genug Luft«, tönte Woolbeck.

Nach kurzer Fahrt kam man bei Steffi Beccis Eltern an. Inspektor Woolbeck brüllte Spencer an: »Ich bin gleich wieder da und Sie bewegen sich nicht weg«, und mit einem breiten Grinsen fügte er hinzu: »Sie können es ja mal probieren!«

Woolbeck stieg schwungvoll aus und läutete Sturm bei den Eltern von Becci. Steffi zog dem inzwischen bleichen Eddie geschwind den Knebel aus dem Mund und folgte Inspektor Woolbeck unbehaglich nach.

Spencer atmete tief durch, fluchte: »So ein Mistkerl!«

Steffis Mutter öffnete Inspektor Woolbeck mit überraschtem Gesichtsausdruck die Tür, während im Hintergrund ein Bierkasten polterte. Der laute Fernseher wurde still. Der Vater schlug sich das Schienbein an und stieß auf dem Weg zur Tür grauenhafte Flüche aus. Er

war nur mit Shorts und weißem Unterhemd bekleidet und grölte: »Was machst du wieder für Sachen?«

»Gestatten, Inspektor Woolbeck, ich bringe ihnen ihre Tochter wohlbehalten zurück. Ich konnte gerade noch Schlimmeres verhindern.«

Der Mann brüllte: »Wo hast du dich schon wieder herumgetrieben, du Flittchen? Trägst du immer noch das Kleid von diesem Bastard?«

Die Mutter bremste ihn: »Bitte doch den Inspektor erst mal rein. Und du, Kleine, nimmst erst einmal ein Bad, damit du dich aufwärmst und mir keine Grippe bekommst.«

»Ja, mach ich, Mami«, erwiderte Steffi Becci, froh dem Zorn ihres Vaters zu entkommen.

»Ich möchte Sie nicht länger aufhalten, aber passen Sie doch in Zukunft besser auf ihre Tochter auf.«

»Nach diesem Luder muss man aber auch immer schauen«, retournierte der Vater erhitzt.

Geistesgegenwärtig hakte die Mutter nach: »Was ist denn überhaupt vorgefallen?«

»Ich habe ihre Tochter in eindeutiger Position mit - sagen wir einmal - einer zwielichtigen Gestalt ertappt und konnte Sie gerade noch aus den Klauen dieses Schänders befreien.«

»Danke«, seufzte die Mutter.

Der Vater murmelte etwas Unverständliches, während sich Inspektor Woolbeck mit den Worten verabschiedete: »Ich muss gehen, ich muss noch ein Päckchen aufgeben. Ich habe den Bastard im Wagen gut verschnürt.«

»Knöpfen Sie sich den Burschen nur richtig vor«, explodierte der Kerl. Inspektor Woolbeck verließ die Wohnung und die beiden wandten sich von der Wohnungstür ab.

Instinktiv hatte Woolbeck beim Verlassen der Wohnung die Tür angelehnt gelassen, er hörte Stimmenge-

murmel und wie der Vater rief: »Jetzt kannst du was erleben!«

Blitzschnell betrat Inspektor Woolbeck die Wohnung wieder und ertappte den Vater mit Ledergürtel in der Hand vor der verängstigten Steffi.

Sich räuspernd, sagte er forsch zu ihm: »So habe ich das mit dem Kümmern aber nicht gemeint.«

Verwirrt senkte der Vater seine ausgeholte Hand und die Mutter schob ihre Tochter schnell ins Badezimmer.

»Ich denke, ich habe mich klar genug ausgedrückt«, verabschiedete sich Inspektor Woolbeck von dem sprachlosen Vater und machte sich auf, Spencer schleunigst ins Polizeipräsidium zu befördern.

»Wir müssen auf jeden Fall ein Protokoll machen, Freundchen«, stellte Inspektor Woolbeck lakonisch fest. Eddie kauerte immer noch wie ein Paket verschnürt auf dem Rücksitz.

Später im Polizeipräsidium fragte Woolbeck: »Sie bleiben also bei ihrer Version, dass die kleine Steffi Becci ihre Freundin ist? Ich habe das allerdings anders gesehen.« Nach zähem, sinnlosem Gespräch beschloss Woolbeck, die Situation auf sich beruhen zu lassen. »Diesmal muss ich Sie wohl oder übel noch laufen lassen.«

Eddie Spencer räusperte sich: »Wie bitte? Diesmal könnten Sie Probleme bekommen, Herr Inspektor.«

Woolbeck spürte, wie er einen immer dickeren Hals bekam und schnaubte: »Jetzt machen Sie, dass Sie nach Hause kommen, genug für heute!«

- 6 -

Guten Mutes schlenderte Eddie Spencer aus dem Polizeipräsidium. Endlich wieder frei. Genießerisch atmete er die Abgase des Straßenverkehrs ein. Seine Augen konnten sich an der Farbenpracht der Herbstbäume nicht satt sehen, ehe sein Blick quasi *vegetativ* auf einen knackigen weiblichen Po fiel, der ihn wie von Geisterhand zum nächsten Fast-Food-Restaurant lenkte. Als er gefräßig und gierig einen Hamburger verschlang, wurde ihm nach den Höhen und Tiefen der letzten Zeit wieder klar: ›*Eiswürfel schwimmen naiv in der Cola, Gläubige hoffen wie ein Rind vor dem Schlachter. Eines aber ist sicher, ich bin jetzt in Freiheit und ich habe heute Abend wieder eine saftige Verabredung.*‹ Nur das zählte.

Einige Zeit später erschauderte er im Badezimmer beim Blick in den Spiegel. Eine gründliche Rasur macht einen zum neuen Menschen; ein weites Sakko kaschiert meinen Bauch und Schulterpolster täuschen Kraft vor.

›*Jetzt mal wieder etwas für die Bildung tun*‹, grinste Eddie Spencer selbstironisch beim Gedanken ans Theater; er, der sonst am liebsten Fußballmagazine las und mit diesem Spruch schon so manchen Kioskmann beim Kauf eines solchen amüsiert hatte.

Kurz vor acht fand sich Spencer vor dem Theater ein und tippelte wie immer nervös vor sich hin. Er lachte und dachte: ›*In das Stück 'Der Besuch der alten Dame' von Friedrich Dürrenmatt würden mich normalerweise keine zehn Pferde hineinbringen.*‹

Jetzt kam endlich *Sie* in ihrer ganzen Pracht. Eine majestätische Erscheinung im schulterlosen Abendkleid mit Rüschen.

»Hallo Eddie«, begrüßte ihn Mellows. »Ich habe dir noch ein lauschiges Plätzchen freigehalten. Bei meinen Beziehungen kein Problem. Komm, ich schleuse dich über den Hintereingang hinein. Bisschen nassauern schadet nichts. Ich muss jetzt gleich auf meinen Platz unterhalb der Bühne. Wie du weißt, bin ich bis jetzt eben nur Souffleuse.«

»Der Weg hoch zur Theaterdiva ist dornig«, warf Eddie weltmännisch ein und dachte bei sich an die berühmt-berüchtigte Besetzungscouch, als Mellows zustimmend mit dem Kopf nickte.

»Besser als nichts - und nach der Vorstellung können wir ja was trinken gehen und plauschen.«

Bevor Eddie etwas antworten konnte, war man mittlerweile am reservierten Platz angekommen.

Sie hauchte noch: »Bis später« und verschwand. Er war geschockt und andererseits auch beeindruckt.

Er schwärmte: ›Wow, *da ist Schliff dahinter! Die weiß, was sie will. Aber wohl zu dominant für mich. Na, jetzt erst mal eine Runde schlafen und mich von den Strapazen der letzten Zeit erholen!*‹

Er räkelte sich auf dem roten Plüschsitz behaglich nach hinten, als ihm siedend heiß einfiel: ›*Was mache ich nur, wenn sie sich nachher über das Stück unterhalten will? Mir bleibt ja auch nichts erspart, jetzt muss ich mir auch noch verbissen wie ein Schulstreber diese Kultursülze reinziehen! Was macht man nicht alles für Weiber!*‹

Es wurde stockfinster und die ersten Schauspieler fanden sich auf der Bühne ein. ›*So, jetzt aber konzentrieren, damit ich mich später nicht blamiere. Werde sicher ein paar schwere Fragen meistern müssen.*‹

Nach der ersten Stunde gab es eine kurze Pause und man betrieb Small Talk im Foyer. Die Anfangsbedenken von Eddie Spencer legten sich schnell und er verstand es brillant, den Theaterfreak vor den Theaterleuten zu mimen. Als sich dann auch noch Mellows zu der lockeren Runde hinzugesellte, lief er endgültig zu Bestform auf. Eddie war immer darauf bedacht, seinen Marktwert durch zur Schau gestellte Bildung zu steigern, weil er sich im Grunde für einen abgrundtiefen Versager hielt und deshalb glaubte, dies nötig zu haben. Des Öfteren lag er Salesbreed mitten in der Nacht am Telefon in den Ohren, dass er sein Leben verwirkt habe. Seine Minderwertigkeitsgefühle versuchte er durch geschickte Formulierungen und sein famoses Stichwortgedächtnis, das bei den anderen Wissensillusionen in beängstigendem Ausmaß auslösen sollten zu kompensieren.

Mellows sinnierte: »Warum gaukelt er eigentlich allen etwas vor? Das hat der doch gar nicht nötig. Der könnte viel sympathischer sein, wenn er sich so annehmen würde, wie er ist. Das muss ich ihm auf jeden Fall noch sagen oder besser schreiben, denn ich bezweifle bei seiner Psyche eine ausgeprägte Kritikfähigkeit.«

Es ertönte der Pausengong. Die Zuschauer nahmen wieder auf ihren Sitzen Platz.

Eddie fing an, Gefallen an dem Stück zu finden, der zweite Teil war kurzweilig. Der Beifall war gerade verklungen, als sich Eddie Spencer als einer der ersten Zuschauer im Eingangsbereich einfand und seine Jacke abholte. Mellows kam bald hinzu. Eddie Spencer meinte zu Mellows: »Hier hast du erst einmal dein Adressbuch, bevor ich es vergesse!«

»Wunderbar!«, bedankte sich Mellows.

»So, wo soll's denn hingehen jetzt?«, änderte Mellows das Thema.

»Wie wäre es mit dem ›Blue Daddy‹?«

»Alles klar.«

Sie machten sich bei nasskaltem Wetter schnurstracks in Richtung Kneipe auf den Weg.

»Das wundert mich wirklich, dass so ein pragmatischer Versicherungsfritze wie du so viel Interesse an Kultur zeigt«, wunderte sich Mellows stirnrunzelnd. Verlegen schaute Eddie Spencer auf den Boden.

»Wie hat es dir denn gefallen?«, fragte sie weiter.

»Ja, weißt du, dieses Stück sieht man leider hier viel zu selten.«

Mellows staunte Bauklötze.

»Zuletzt habe ich die ‚alte Dame' vor drei Jahren in einer Schulvorführung gesehen.«

»Ach ja, das hast du ja schon am Telefon gesagt.«

Damals hatte sich eine kleine Episode mit einer Studentin ereignet. Not macht ja bekanntlich erfinderisch. Eddie Spencer hatte eine Anzeige aufgegeben: »Nette Mädels zwecks Comeback für Kabarett gesucht.«

Die Hoffnung, Theater spielen zu können, hatte ihm eine junge Studentin in die Arme getrieben. Wegen ihr hatte er sogar ein verhasstes College für eine Vorstellung mit Studenten aufgesucht.

Er hatte mit dieser jungen Frau wirklich seinen Spaß gehabt und er wusste wirklich nicht, welchen Teufel ihn schlussendlich geritten hatte.

Es kam so: Er lag auf ihr und als sie zu ihm im flapsigen Ton sagte: »Ich hätte erst gar nicht gedacht, dass ich mal mit so einem dicken Mann ins Bett gehe«, war er von einem Moment zum anderen komplett abgeturnt, zog seinen Schwanz aus ihr heraus und meinte: »Das mit der Rolle kannst du ja wohl vergessen.«

Das war seine Art, in der Bilanz mit den Frauen Anschlusstreffer zu erzielen, weil er es den Frauen für ihre ständigen Demütigungen heimzahlen wollte. Im

Grunde war ja für Eddie Spencer fast jede Frau eine Verlockung, auch wenn sie ihm nur die Winzigkeit eines Lächelns wie eine geschäftsfreundliche Bedienung zuwarf. Umso schlimmer für ihn, wenn sie ihm dann ihre falsche Telefonnummer lächelnd gab und er am nächsten Tag mit irgendeiner alten Oma auf Hawaii telefonierte. Solche Dinge konnte er doch nicht einfach auf sich sitzenlassen!

Aber die Episode hatte auch ihre lustige Seite. Da Eddie Spencer in einem College einen Aushang mit der Telefonnummer von Marc gemacht hatte, war dieser eines Morgens durch den Anruf eines Direktors jäh aus dem Bett geworfen worden: »Ich will Ihnen ja nicht zu nahetreten, aber sagen Sie selbst, wie Sie das als Eltern verstehen würden, wenn jemand einen Aushang an der Schule macht: ,Nette Mädels zwecks Comeback in Kabarett gesucht.'«

Marc brachte keinen Ton heraus und wäre am liebsten in den Erdboden versunken. Eddie Spencer jedoch platzte bei der Nachbesprechung im ›Blue Daddy‹ fast vor Lachen.

Eddies Nerven waren nun mit Mellows zum Zerreißen gespannt. Bei ihr, seiner großen Liebe, wollte er um keinen Preis der Welt einen Fehler begehen. Warum musste seine einzig wahre Frau denn auch immer so verdammt gezielte Fragen stellen? Überhaupt war Reden mit Frauen oft sehr lästig und konnte leicht mit der Kirche ums Dorf und nicht ins Bett führen. Denn leider, so war seine Erfahrung, barg das »immer besser Verstehen« nur allzu leicht die Gefahr, dass man dies solange betrieb, bis Mann für die Frau als guter Freund nicht mehr zu ersetzen war. Und gerade sein Erlebnis mit der kleinen Theaterschülerin hatte ihm aufs Deutlichste gezeigt, dass man recht schnell zur Sache kommen muss und nichts anbrennen lassen darf.

Doch die Prüfungsfragen der Frau mit dem stolzen Schritt sollten noch lange kein Ende finden.

»Was fasziniert dich denn so an dem Stück?«

»Die Charaktere sind so toll aufeinander abgestimmt.«

»Wie meinst du das?«, fühlte ihm Mellows auf den Zahn.

Verdammt, Eddie Spencer fühlte sich beim besten Willen nicht wohl in seiner Haut. *›Was soll nur das ganze Geschnatter? Ich mach jetzt auf verträumt, das kommt bei den Leuten vom künstlerischen Ufer immer gut an oder vielleicht doch lieber auf Sachverstand?‹*, grübelte er und sagte dann: »Weißt du, in diesem Stück hat sich der Autor als großer Konditor erwiesen. Schauspieler, Thema, Handlung sind mit großer Meisterschaft zu einer intellektuell nachhaltigen und äußerst schmackhaften Torte verarbeitet worden!«

Mellows schaute ihn an, als ob gerade eine lesende Kuh vom Himmel gefallen sei.

Eddie Spencer machte eine kurze Pause und versuchte, das Gespräch in eine andere Richtung zu lenken: »Das ›*Blue Daddy*‹ ist schon eine Goldgrube. Da kann man kommen, wann man will, es ist immer voll.«

»Gefällt es dir hier wirklich?«

»Ja, lauter verschiedene Leute und immer gute Stimmung.«

»Du immer mit deinen Allgemeinplätzen!«, entwaffnete ihn Mellows. »Meinst du etwa, ich merke nicht, dass du dich nur wegen mir für das Theater interessierst?«

Im Grunde seines Wesens gab es schon eine Sache, die ihn an dem Stück faszinierte, das war die Rache der Milliardärin an den Menschen, die sie in ihrer Kindheit gekränkt hatten, das würde Eddie aber nie einer Frau mitteilen, schon gar nicht der Frau seiner Träume.

Eddie Spencer platzte fast der Kragen, er hätte am liebsten gebrüllt: »*Du Biest!*« Beim Anblick ihrer laszi-

ven Schmolllippen jedoch kam ihm der rettende Gedanke, Ehrlichkeit als Mittel zum Zweck einzusetzen.

Es trat eine erneute Schweigepause ein. Eddie fasste sich ein Herz und sagte: »Ist das ein Wunder, findest du dich nicht auch toll?«

»Ja, und das würde dir auch guttun, mein lieber Eddie Spencer, auch ohne Frauen und Geld als Krücken deiner Psyche.«

Eddie war in seinem Stolz verletzt und lenkte nun das Gespräch endgültig auf andere Themen, bevor man sich voneinander verabschiedete.

»Der Abend ist leider an Mellows gegangen, mindestens 0:2 verloren, aber an Erfahrung gewonnen«, resümierte Eddie Spencer auf dem Nachhauseweg.

Mellows hatte ihm klar die Grenzen aufgezeigt, dennoch schwor er sich, dass er noch nicht aufgeben und demnächst zum großen Schlag ausholen wolle. Seine angekratzte Psyche hatte ihn zudem angestachelt. In Gedanken war er schon beim nächsten Aktenordner Cindy, den es jetzt vorzubereiten galt.

Während Eddie dieses Debakel hatte hinnehmen müssen, hatte sich Salesbreed mit Steffi verabredet. Als er sie auf der Straße traf, fragte sie ihn: »Hast du Eddie gesehen?«

»Nein, der ist total eingespannt. Aber ich habe heute Abend Zeit - machen wir was?«

Steffi antwortete gelangweilt: »Naja, ich habe noch nichts vor, wir können schon zusammen weggehen, aber es darf wegen meinen Eltern nicht zu spät werden - die tillen zurzeit. Hol mich halt so gegen neunzehn Uhr zu Hause ab.«

Die Situation verklärend, antwortete Salesbreed aufgedreht: »Ich freue mich! Ich hole dich dann ab. Ich reserviere einen schönen Tisch beim Chinesen.«

Auf diese Chance hatte er schon lange gewartet. Er überlegte, wie Eddie Spencer die Sache angehen

würde, und dann holte er seinen einzigen Anzug aus dem Schrank, staubte ihn ab, rasierte sich akribisch, ging zum Friseur, überschüttete sich mit Rasierwasser, wechselte seine Spargroschen aus dem großen Einmachglas in Dollar, zweihundert, um. Beschwingt reservierte er einen Tisch in einem guten asiatischen Restaurant.

Dann holte er Steffi, wie ausgemacht, zu Hause ab. Sie wartete draußen, um nicht wieder unnütz Ärger mit den Eltern zu bekommen. Marc fing gleich an, hektisch auf Steffi einzureden.

Steffi meinte: »Lass uns erstmal zum Restaurant düsen, da können wir ja dann immer noch genügend reden.«

»Alles klar«, fiepte Marc kleinlaut. Kein Wunder, nannten ihn viele einfach nur die Töle.

Schnell war man beim China-Restaurant angekommen. Ein Kellner führte sie zum reservierten Tisch und Marc platze gleich mit seiner Bestellung heraus: »Ich brauch gar keine Karte. Bitte zweimal Ente süßsauer und zwei Gläschen Wein.«

Ganz gentlemanunlike hatte er Steffi nicht gefragt, was sie wolle. Wortlos, mit regungslosem Blick nahm der Kellner die Bestellung entgegen. Steffi meinte schnippisch zu Marc: »Hey, hey, cool down, wir sind doch hier nicht im Burger Queen.«

Salesbreed schaute gekränkt und meinte dann stotternd mit hoher Fistelstimme: »Was ich dich schon lange einmal fragen wollte: Der Eddie, der ist ja lieb und recht, der ist ja auch ein guter Freund von mir, aber was findest du eigentlich an dem?«

Leicht erbost, so etwas über ihren Traumprinzen zu hören, antwortete sie: »An deiner Stelle wäre ich ganz still, bei deiner Stimme und deinem Gang!«

Noch gekränkter fragte Marc seufzend: »Warum bist du dann überhaupt mit mir ausgegangen?«

»Du bist ein guter Kumpel zum Plaudern und außerdem ist es allemal besser, als mit meinem Vater vor der Glotze zu hocken.«

Sich auf die Lippen beißend, äußerlich ruhig bleibend, zerdrückte Salesbreed das Pilsglas in seiner Hand und schien gar nicht zu registrieren, dass bereits Blut von seinen zerschnittenen Fingern floss. Völlig überrascht von dieser Überreaktion reichte Steffi ihm ihre Tischserviette, um das Blut zu stillen.

Sie versuchte ihm Trost zu spenden: »Du, wir sind doch auf jeden Fall gute Freunde. Nimm es dir doch nicht so zu Herzen.«

In der Zwischenzeit war der Kellner mit betont unbeteiligter Miene am Tisch angelangt. Steffi fauchte ihn an: »Glotzen Sie nicht nur. Bringen sie doch Pflaster oder irgendetwas Brauchbares.«

Marc stammelte derweilen, immer noch mit seinem Schicksal hadernd: »Na prima, der Abend ist... für mich gelaufen. Da hätte ich gerne darauf verzichtet. Und ich darf den Spaß auch noch bezahlen.«

Steffi tätschelte ihn, während der Kellner seine Hand mit einem überdimensionalen Pflaster - wie einen Krautwickel - übertüchtig einbalsamierte.

Salesbreeds Gesicht verzog sich zu einem dummdreisten Grinsen und man ließ den Abend recht schnell ausklingen.

Marc brachte Steffi kommentarlos nach Hause. Beim Aussteigen brüllte er ihr noch verzweifelt hinterher: »Danke für den tollen Abend!«

Inzwischen hatte sich Cindys Leben seit dem Telefonat mit Eddie schlagartig verändert. Sie war verwirrt. Wie sie bereits in ihrem Brief an Eddie geäußert hatte, konnte sie sich bis heute die ganze Situation nicht erklären. Sie fühlte sich ihm so nah, obwohl sie sich noch nie gesehen hatten, geschweige denn persönlich kannten. Die Beziehung zu Andy war zusehends in eine Krise geraten. Andy wunderte sich nur, was mit Cindy passiert war. Eines Abends hatte sie ihm dann alles anvertraut, da sie ja immer ehrlich zu ihm war. Der Abend war der reinste Katzenjammer. Erst hatte er Tränen in den Augen, dann sie, weil sie Mitleid mit ihrem Schatz hatte, und dann hatte er noch geweint, weil er nicht wollte, dass sie wegen ihm weine. Cindy konnte nie etwas vor Andy geheim halten. Er war verbittert und konnte die ganze Situation weder verstehen noch ertragen. Er hatte das Gefühl, der Mensch, auf den er sein ganzes Lebensglück gebaut hatte, ziehe ihm auf einmal den Teppich unter den Füßen weg. Sicherlich, Cindy hatte ihm gegenüber schon oft gejammert, dass sie sich nicht sicher sei, ob sie für ihn mehr als freundschaftliche Gefühle hege, aber er hoffte natürlich darauf, dass sich die Beziehung stabilisiere. Und schließlich war er ihr erster Freund und sie heilfroh gewesen, ihr erstes Mal mit so einem netten Typen hinter sich gebracht zu haben. Aber für Andy, der schon mehrere Beziehungen hinter sich hatte, ging es um mehr als nur um das Ausprobieren seines Körpers. Er hatte in dem Glauben gelebt, jemanden gefunden zu haben, mit dem eine dauerhafte Liebesbeziehung gedeihen würde. Und dann kam einfach ein Telefonat. Ein bisschen Geplapper eines Fremden und das sollte das Ende einer Beziehung sein, in die er so viel Liebe und Zärtlichkeit eingebracht hatte. Seine Freundin kam ihm auf einmal wie eine liebliche Pflanze vor, die zwar immer noch hübsch anzusehen war, aber doch empfindlich wie ein Kaktus stechen konnte.

Andy war verbittert und zutiefst misstrauisch. Er holte jetzt jeden Mittag Cindy von der Arbeit ab. Sie arbeitete als Kindergärtnerin im Vorort Malstown und war normalerweise immer mit der Subway ins Stadtinnere gefahren. Andy wollte nun jedoch vermeiden, dass der große Unbekannte ihr vor dem Kindergarten auflauert und sonst etwas passieren könnte. Mit dem Gedanken, dass der Fremde nur der Anlass, nicht aber die Ursache für die Beziehungskrise war, wollte er sich nicht beschäftigen. Um an seinem Traum vom Glück mit Cindy festzuhalten, hätte er am liebsten einen Auftragskiller beauftragt. Doch er hatte ja nicht die geringsten Anhaltspunkte für die Adresse des Anrufers.

Noch letzte Woche, als er ihr einen Clown aus Porzellan als Aufmerksamkeit geschenkt hatte, hatte er zu ihr gesagt, dass es so ein Glück sei, dass er sie habe. Sie jedoch war eher peinlich berührt gewesen, weil sie ihn zwar sehr mochte, aber im Gegensatz zu ihm nicht abgöttisch liebte.

Vielleicht liegt das allgemeine Lebenspech darin, dass nur einer in einer Beziehung richtig liebt und der andere es in gewisser Weise nur zulässt.

Andy wurde in einer Kfz-Werkstatt angelernt und besuchte parallel das Community College und teilte seinen Tag jetzt anders ein, um ja immer als Beschützer für Cindy auftreten zu können. Das machte die Situation für Cindy noch unangenehmer. Cindy war solch ein impulsiver Mensch, dass sie in dem Moment, als sie Andy ihr Geheimnis beichtete, völlig vergessen hatte, dass Andy ja in einer Woche seine schriftliche Abschlussprüfung für sein Zertifikat hatte. Doch wie sollte Andy sich in diesem Zustand aufs Lernen konzentrieren können?

Sie war von ihren Gefühlen für Eddie überfallen worden, so dass sie nur noch sich sah. Sie hatte festgestellt, dass immer, wenn es zum eigentlichen Akt mit Andy gekommen war, sie verzweifelt ihr Hirn durchwühlte, wie Spencer wohl aussehen mochte, wie er sie wohl im Bett behandeln würde. Sie bekam den Verdacht nicht los, dass sie die ganzen Jahre mit Andy nur Freundschaft plus Sex betrieben hatte. Das wollte sie auf keinen Fall länger tun, schließlich war sie ja keine Prostituierte, sie hatte ebenso wie Andy das starke Bedürfnis, ein echtes Liebesleben zu führen. Der Anruf war für Cindy wie höhere Gewalt gewesen. Eddie Spencers Stimme war so zärtlich gewesen, dass sie sofort den Eindruck hatte, das ist ein Mann, der mich wirklich reizt. Eddie hatte sie überzeugt, dass ihre telefonische Begegnung kein Zufall sein konnte und man die Gunst der Stunde annehmen solle.

Sicherlich, Andy war im Bett sehr zärtlich zu ihr und hatte sie des Öfteren nach allen Regeln der Kunst verwöhnt, so dass sie lange gedacht hatte, es sei alles in Ordnung für sie. War sie dann aber bei ihrem Onkel in Arizona zu Besuch, hatte sie sich immer gewundert, dass sie Andy nicht vermisste, obwohl sie ihn doch so mochte. Wohingegen sie deutlich spürte, dass Andy ohne sie kaum leben konnte.

Cindy fühlte sich von Andy eingeengt und dadurch spielte Andy Eddie noch mehr in die Karten. Cindy freute sich auf das Treffen mit Eddie Spencer und hatte sich praktisch innerlich bereits für ihn und somit gegen ihren Freund entschieden.

Wie immer kam er zunächst einige Minuten zu früh, um sein Date aus einem geschützten Blickwinkel besser beobachten zu können. Dann ließ er es einige Minuten warten. Das war ein alter Trick von ihm.

Endlich war der Tag des Treffens gekommen. Nach altbewährtem Ritual traf sich Eddie Spencer zunächst mit Cindy im Central Park. Sicher hatte ihm ihr Brief jede Menge Anlass zu Optimismus gegeben, aber er wollte sich jetzt durch ein voreiliges, verfehltes Verhalten nicht die Butter vom Brot nehmen lassen. Er kannte ja nur zu gut aus eigener Erfahrung die Unruhe und die Selbstzweifel, die jetzt in ihr hochstiegen. Er genoss ihr Zappeln wie ein Angler, der einen dicken Fisch an Land zieht. Ihr Erwartungsdruck zeigte sich für ihn darin, dass sie hastig einen kleinen Handspiegel aus ihrer Handtasche zog und sich nochmals nachschminkte. Sie trat auf der Stelle vom linken auf das rechte Bein. Sie schaute nervös nach links und rechts und fuhr sich hastig durch ihr Haar. Auch sie wollte nichts dem Zufall überlassen, freute er sich innerlich. Guter Dinge ging Eddie auf Cindy zu. Sie verstanden sich sofort blendend und so änderte Eddie kurzfristig das Programm und man begab sich nach kurzem Spaziergang direkt in die Höhle des Löwen.

Diesmal spielte Eddie Spencer nicht die alte Bachplatte, sondern er legte neuste Superhits auf. Beide lagen musikalisch auf gleichem Niveau, stellte Eddie Spencer recht bald fest. Feuchtfröhlich und locker ging der Abend vorbei.

In der Zwischenzeit hatte sich Steffi aus ihrem Elternhaus geschlichen und war gerade bei Eddie eingetroffen, um ihm zu sagen, dass sie ihn nach wie vor unendlich liebe.

Potzblitz, gerade in diesem Moment musste Eddie Spencer mit Cindy Arm in Arm, munter turtelnd, die Wohnung verlassen. Steffi versteckte sich und konnte sehen, wie die beiden Turteltauben engumschlungen

zu Eddies Wagen schlenderten. Für Steffi brach eine Welt zusammen. Tränenüberströmt machte sie sich auf den Nachhauseweg und kuschelte sich zu Hause an ihre Mutter und jammerte mit wispernder Stimme: »Ihr hattet doch recht, ihr hattet doch recht … «

Am Montagmorgen stand Eddie Spencer voller Elan auf und wollte sich noch schnell Frühstücksbrötchen holen, bevor sein Tagewerk begann. Kaum aus dem Haus, fielen unvermittelt Schüsse.

Eddie Spencer brach zusammen.

- 7 -

Doch genau wie die Schüsse, die Eddie Spencer schon so oft mit Amors Bogen gewagt hatte, trafen auch diese Schüsse nicht ins Herz. Und so fand sich Eddie Spencer einige Zeit später im nahegelegenen Krankenhaus wieder.

Eine lebensfrohe schwarze Krankenschwester wollte gerade Fieber messen, als Eddie stammelte: »Wo bin ich? Im Himmel oder in der Hölle?«

»Weder noch«, antwortete sie in lieblichem Ton.

Wieder einmal wurde Eddie Spencer durch Inspektor Woolbeck aus seinen Träumen gerissen. »Hallo, alter Freund«, sagte Inspektor Woolbeck verschmitzt und setzte fort: »Ich wusste ja, dass wir uns wiedersehen!«

»Das ist aber nett von ihnen, dass Sie mich besuchen kommen, nachdem Sie auf mich geschossen haben«, sprudelte es aus Eddie Spencer heraus.

»Ich hätte nicht nur ihre Brust getroffen... Jetzt mal Spaß beiseite, Sie scheinen ja doch irgendwelche Feinde zu haben. Es ist schließlich nicht alltäglich, dass hier am helllichten Tage rumgeballert wird. Wer hasst Sie denn momentan am meisten?«

»Außer Ihnen fällt mir da niemand ein, Herr Inspektor!«

»Sehr witzig - Ihnen wird Ihr Humor schon noch vergehen!«

»Okay, okay, was macht die Fahndung nach Kathys Mörder?«

»Ich habe leider noch nicht genügend Beweise gegen Sie, Spencer.«

Eddie zog nachdenklich seine Augenbrauen nach oben: »Warum soll das gerade ich gewesen sein? Warum soll ich das Pferd töten, auf dem ich reiten will?«

Es trat Schweigen ein. »Sie sind schon wie ein glitschiger Aal, Eddie Spencer, aber ich werde Sie schon noch zum Reden bringen. Im Übrigen habe ich ihr Büro durchsuchen lassen, die Lektüre ihrer sauber angelegten Akten war sehr aufschlussreich. Wie menschenverachtend muss man sein, Frauen so zu katalogisieren?«

»Ich systematisiere meine ‚Arbeit' auch nicht anders als die Polizei, Inspektor.«

Auf einmal kam der Arzt Dr. Bloomfield zur Visite und bat Inspektor Woolbeck, doch ein anderes Mal wiederzukommen, um dem Patienten seine wohlverdiente Ruhe zu gönnen. »Wie geht es uns denn heute?«

»Ich weiß nicht, wie es Ihnen geht, aber mir geht es nicht besonders.«

Inspektor Woolbeck gab Cindy die Klinke in die Hand, zog seine Augenbrauen besorgt hoch und dachte: ›*Was hat dieses Früchtchen hier zu suchen?*‹

Dr. Bloomfield brüllte die überraschte Cindy an: »Das ist hier doch kein Taubenschlag! Ich mache Visite! Warten Sie bitte kurz vor dem Zimmer! Und Sie, Herr Inspektor« - sein Blick auf Inspektor Woolbeck gerichtet - »haben heute ja sicher noch etwas anderes zu tun«.

Wutschnaubend und kopfschüttelnd verließ Inspektor Woolbeck kommentarlos das Krankenzimmer.

Nach drei Minuten ausführlicher Visite verließ Dr. Bloomfield Spencers Zimmer und bat das junge Fräu-

lein einzutreten: »Jetzt dürfen Sie, junge Dame, eintreten.«

»Oh, du bist da, Cindy, welch eine Freude, dich zu sehen«, hieß Eddie Spencer sie willkommen.

»Ich habe dich bei dir zuhause besuchen wollen, da hat mir dein Nachbar, die schrecklichen Neuigkeiten mitgeteilt.«

»Jetzt geht es mir schon besser, wo du da bist!«, schleimte Eddie Spencer.

Nach kurzem Small Talk teilte Cindy Eddie ihren Entschluss mit, die Beziehung mit Andy zu beenden und nach Möglichkeit eine Freundschaft aufrechtzuerhalten. Sie wolle mit Eddie anstreben, eine Familie zu gründen bzw. erst einmal eine feste Beziehung aufzubauen. Eddie gingen diese Worte wie Honig herunter, obwohl ihm die Aussicht auf eine baldige Familie nicht besonders erstrebenswert erschien.

Auf einmal platzte Schwester Amelie herein. »Miss, stören Sie bitte Mr. Spencer nicht so lange, der braucht seine Kräfte noch.«

Cindy verließ schmollend den Raum und sagte: »Tschüss, lieber Eddie, jetzt muss man sich von sowas schon vertreiben lassen, bis bald!«

Amelie verzog das Gesicht und sagte: »Ich freue mich schon darauf, wenn Sie mal als Patientin da sind, Miss!«

Amelie ließ die aufgerichtete Bettlehne vor Eddie Spencer herunterkrachen, wobei sie schnippisch meinte: »Ich glaube, uns geht es heute zu gut, ich würde es mit Schlafen probieren.«

Eddie Spencer dachte, ›*Hoho, da ist Pfeffer dahinter*‹. »Sind Sie immer so lieb zu ihren Patienten?«

»Ja, wenn Sie nicht artig sind.«

Schwester Amelie half Eddie dann beim Abendessen, da dieser durch seine Brustverletzung noch sehr gehandicapt war. Sie wünschte Spencer noch eine gute Nacht und gute Besserung in allen Belangen. Er starrte ihr hinterher, wobei sein Blick an der wohlgeformten Figur der Krankenschwester haften blieb. *›Da könnte ich noch stundenlang zusehen‹*, dachte Eddie Spencer. *›Die sieht einfach wahnsinnig gut aus, atemberaubend, diese schwarze Haut unter dem weißen Kittel.‹* Eddie Spencer fiel bald darauf in wohlige Träume.

Am nächsten Morgen fiel seinem Vulkanherzen ein, dass er im Hinblick auf Mellows noch nicht alle Trümpfe ausgespielt hatte. Schließlich war sie für ihn lange Zeit die einzig Wahre gewesen. Er zermarterte sich den Kopf, wie er bei ihr taktisch klug vorgehen könne. Er hatte schon zum Telefon gegriffen, als er seinen Plan, ihr über eine Gärtnerei Blumen zukommen zu lassen, doch wieder aufgab. Es ist wohl besser, sinnierte er mit faltiger Stirn, bei ihr zu erscheinen, persönliche Präsenz macht einen besseren Eindruck, zumal es sich um eine angehende Schauspielerin handelt. Es wird Zeit, dass sie mich hier entlassen, damit ich ihr die hundert Rosen selber überbringen kann. Die restliche Zeit im Krankenhaus verbrachte Eddie Spencer mit nettem Palaver mit Amelie. Nach neun Tagen durfte er auch dieses Gefängnis endlich verlassen.

Der erste Weg führte Eddie Spencer direkt in die Gärtnerei. »Hundert rote Rosen, bitte.«

»Moment mal, da muss ich erst ins Gewächshaus. Wollen sie eine Blumenhandlung aufmachen?«, witzelte die Inhaberin.

»Das nicht, aber welchen Rabatt können Sie mir denn anbieten?«

»Dreißig Dollar, statt hundertfünfzig macht es dann nur noch hundertzwanzig Dollar!«

Spencer nickte. Es gab für ihn kein Zögern, das waren nur Peanuts, alleine wenn er daran dachte, was er schon für Kleidung für seine Frauen ausgegeben hatte.

Schließlich stolperte er mit dem riesengroßen Rosenstrauß zur Adresse von Mellows und klingelte Sturm. Eddie Spencer wartete eine Ewigkeit und war schon wütend in Richtung seines Autos gegangen, als er plötzlich hinter sich Mellows' Stimme vernahm, die aufgeregt seinen Namen rief.

Eddie Spencer ging rasch mit kleinen Stakkatoschritten auf sie zu und sagte: »Ich dachte schon, du bist gar nicht da.«

»Doch, aber der Weg zur Eingangstür ist so weit, da brauche ich immer eine Weile.«

»Du scheinst in einem Schloss zu leben«, flachste Eddie Spencer und gab ihr den prächtigen Strauß.

Er war froh, dass er die Blumen jetzt doch nicht seiner Mutter, sondern der einzig Wahren in die Hand drücken konnte.

Mellows fiel ihm freudig um den Hals, machte mit ihm ein kleines Freudentänzchen und rief: »So viele Blumen auf einmal habe ich mein ganzes Leben noch nicht bekommen, lieber Eddie, aber komm doch erst einmal rein.«

Erwartungsfroh starrte Eddie Spencer sie an. »Ich habe zwar nicht viel Platz hier, aber zum Teetrinken wird es schon reichen.«

Sie gingen durch ein großes, muffiges Kellergewölbe mit mehreren Kellern und Räumen, bis man wieder die Tageshelle erreichte, wo eine kleine knarrende Holztreppe an einer abblätternden Wand vorbei in ein Neun-Quadratmeter-Zimmer führte. Eddie Spencer glaubte seinen Augen nicht zu trauen.

»Das genügt mir vollkommen«, gab Mellows fast schon entschuldigend von sich und nachdem Spencer verständnislos mit den Schultern gezuckt hatte, stellte sie klar: »Mein Zuhause ist das Theater!«

Mit gerührtem Gesichtsausdruck lauschte Eddie und nahm auf dem kargen Holzbett Platz. Irgendwie erinnerte ihn der Raum an eine Mönchszelle. Mellows setzte Teewasser auf. Als sie auf dem Stuhl vor ihrem Schreibtisch Platz nehmen wollte, erblickte er seinen Strauß im Waschbecken und fragte: »Willst du nicht die Blumen versorgen?«

»Leider habe ich keine Vase, aber im Waschbecken bleiben Sie sicher frisch. Ich kann ja heute Abend nach der Probe eine Vase aus der Requisite mitnehmen. Ein bisschen Nassauern hat noch nie geschadet!«

Eddie lächelte verkrampft.

Mellows nahm auf ihrem Stuhl mit einem Textheft in der Hand Platz und jammerte: »Das muss ich alles bis zum Ende des Monats intus haben.«

Eddie Spencer versuchte, mitleidsvoll zu schauen, und dachte: »Verdammt noch mal, die kennt ja nur ihre Liebe zum Theater.« Eddie Spencer platzte fast der Kragen.

Dieses Mittelfeldgeplänkel musste jetzt aufhören, er wollte jetzt endlich den Ball nach vorne tragen, wie es seinem Fußballerherzen entsprach. Er räusperte sich und sprach: »Ich habe noch nie eine so tolle Frau wie dich kennengelernt!«

Mellows blickte leicht verlegen, blieb aber ernst. »Mag sein, von mir aus kannst du gerne mal wieder ins Theater kommen, ich kann dir gerne Eintrittskarten besorgen!«

»Verstehst du mich nicht oder willst du mich nicht verstehen?«, ließ Eddie seinen Gefühlen freien Lauf.

»Wir sind gute Freunde und das finde ich schön«, setzte Mellows mit leicht verklärtem Gesichtsausdruck fort.

Eddie wackelte nervös mit den Füßen. Wie oft hatte er diesen Satz in seinem Leben schon hören müssen? Er wurde immer unruhiger, wackelte immer mehr mit seinen Füßen und schrie fast hysterisch: »Warum bin ich für dich nur der letzte Dreck?«

»Aber, lieber Eddie, das bist du doch gar nicht.«

»Ich werde dich immer lieben, du bist für mich die einzig Wahre!«

Es trat kurzes Schweigen ein, ehe Mellows sachlich fortsetzte: »Also Eddie, das rührt mich jetzt wirklich in meinem weiblichen Stolz.« Mellows' Wimpern schlugen wie Nachtfalter auf und nieder, was Spencer umso mehr erregte.

»Ich würde alles für dich tun, wenn es sein muss, klaue ich vom Abendhimmel die Sterne für dich!«

Mittlerweile war Eddie auf den Knien vor Mellows und bittete und bettelte, ihm doch eine Chance zu geben. Mellows musste einen Lachreflex unterdrücken, als sie sah, was ein Mann von diesen körperlichen Ausmaßen für ein groteskes Bild abgeben konnte. Eddie spürte dies und sprach gekränkt: »Tritt mich mit Füßen ins Gesicht, aber bitte lache mich nicht aus.«

Mellows warf einen Blick auf den Radiowecker auf ihrem Nachttisch und sprang energiegeladen auf. »Also Eddie, es tut mir wirklich leid, wir müssen unser Treffen für heute beenden, ich muss jetzt dringend zur nächsten Theaterprobe.«

Im Nu war sie in ihren Mantel geschlüpft und hatte die Klinke in der Hand. Widerwillig folgte Eddie ihr nach.

»Lass den Kopf nicht hängen, ich schreibe dir bald«, gab sie ihm als Trost mit auf den Weg.

Gerade der letzte Halbsatz war es, der in ihm wieder einen kurzen Hoffnungsschimmer hochkommen ließ, ehe wieder das ganze bedrückende Debakel, der Gang zur Gärtnerei, sein Flehen und Bitten und das abrupte Ende durch seinen Kopf geisterte.

- 8 -

Wie so oft suchte und fand Eddie Spencer an diesem Abend Trost bei einem Kneipenabend mit Marc. Komasaufen mit einem Kumpel war für ihn jedenfalls besser, als den Wahnsinn an Selbstanklagen, der in ihm tobte, alleine ertragen zu müssen.

In der Nacht war Inspektor Woolbeck mit Kopfhörern und seinem geliebten Beethoven eingeschlafen. Auf einmal schreckte ihn ein Telefonanruf auf. Nach einigem Schellen tastete er nach seinem Handy in der Brusttasche. Eine Leiche war im Central Park von einem Hund, der eine Rentnerin spazieren führte, entdeckt worden. Die Rentnerin hatte sich über den überraschenden Richtungswechsel in der Route ihres Hundes gewundert.

Woolbeck musste schleunigst zum Tatort. Er fluchte: »Da lob ich mir doch Berufsmörder mit ordentlichen Arbeitszeiten. Warum muss das gerade mitten in der Nacht bei diesem nasskalten Wetter passieren?«

Er fuhr zum Central Park. Fünf Polizeiautos waren schon von Weitem zu sehen. Der Park war mit Scheinwerfern hell erleuchtet. Der Polizeimediziner stand bereits über der Leiche gebeugt am Tatort.

Inspektor Woolbeck glaubte seinen eigenen Augen nicht trauen zu können, er murmelte: »Verdammt noch mal, das Gesicht kenne ich doch. Die Kleine habe ich doch erst vor ein paar Tagen... ja, jetzt fällt's mir wieder ein, vor dem Krankenzimmer von diesem verfluchten

Eddie Spencer gesehen. Das darf ja wohl nicht wahr sein.«

Ein Kollege zeigte Inspektor Woolbeck den Ausweis des Opfers. »Aha, Cindy heißt die also.«

Inspektor Woolbeck fragte den Mediziner: »Wissen Sie schon etwas über Tatzeit, Tatwaffe und Hergang?«

»Naja, Herr Inspektor, das Gesicht ist ja noch zu erkennen, das Opfer ist mit Chloroform vermutlich von hinten betäubt und dann vergewaltigt worden. Genau der gleiche Tathergang wie bei Kathy...«

Inspektor Woolbeck erschauderte und fiel ihm ins Wort: »Also wieder das Abtrennen der Brüste und die Rasur des Schädels.«

Aufgeregt rannte sein Assistent Yellowkingfish auf die Polizeibeamten zu und berichtete, dass die Brüste im Wildschweintrog im nahegelegenen Gehege entdeckt worden waren. »Was muss das für ein abgrundtiefer Frauenhass sein, eine Frau so zuzurichten?«, klagte sein Assistent Yellowkingfish.

›Verdammt noch mal, wieder der Haarmörder‹, geisterte es durch den Kopf von Inspektor Woolbeck und er sagte: »So jemand gehört doch hundert Jahre hinter Schloss und Riegel, der kann bei der besten Therapie der Welt mit den besten Ärzten und Psychologen nicht mehr geheilt werden.«

»Wenn es eine Bekannte von Eddie Spencer war, war es vielleicht doch er?«, warf sein Assistent Yellowkingfish ein.

»Da spricht zwar verdammt viel dafür, aber warum sollte so ein Frauennarr Brüste an Wildschweine verfüttern?«, bemerkte Inspektor Woolbeck.

Der Mediziner räusperte sich: »Wenn ich noch kurz unseren Dialog von vorhin beenden darf. Aufgrund der Verfärbung der Leiche kann man davon ausge-

hen, dass der Tod kurz vor Mitternacht eingetreten sein muss. Aufgrund der Hämatome lässt sich sagen, dass das Opfer zunächst die Treppe zum Central Park heruntergefallen sein muss und danach umgebracht worden ist.«

Inspektor Woolbeck hakte nach: »Glauben Sie, dass der Sturz bereits den Tod zu Folge hatte?«

»Ich denke, nein. Vermutlich wurde das Opfer dadurch nur bewusstlos. Vermutlich ist sie sogar nochmal kurz aufgewacht, was das Benutzen des Chloroforms erklären würde. Das Durchschneiden der Kehle allerdings war sofort tödlich, da der Schnitt sehr tief durch den Hals ging.«

Die Untersuchung des Gerichtsmediziners bestätigte die Aussagen des Mediziners vor Ort: Tatsächlich war ein Durchschneiden der Kehle des Opfers hinterrücks mit einem rasiermesserartigen Gegenstand die Todesursache. Mit diesem Messer waren auch die Haare des Opfers entfernt worden.

»Verdammt noch mal, wenn das mal nicht Eddie Spencer war«, argwöhnte Inspektor Woolbeck bei sich. »Aber warum sollte dieser einer Frau, die ihn extra im Krankenhaus besucht hat, so etwas antun?«

Schon wieder hatte sich die Tat im Central Park ereignet, schon wieder war eine Frau auf dem Nachhauseweg von der U-Bahn durch den angrenzenden Park von einem Unbekannten getötet worden. War diese Tat vom selben Täter wie bei Kathy Traffic verübt worden? Was waren die Motive? Keine konkreten Anhaltspunkte. Wieder wurden wilde Spekulationen durch die Regenbogenpresse gepeitscht: »*Haarmörderbestie verfüttert sogar Brüste an Wildschweine.*«

Der erste Weg am Morgen führte Inspektor Woolbeck zu Cindys Wohnung. Woolbeck betrat das Haus
und fand die Wohnungstür von Cindy aufgebrochen
vor. Andy durchwühlte wie ein wildes Tier ein Regal
mit persönlichen Unterlagen von Cindy. Jede Menge
Papier war bereits im gesamten Raum verteilt.

»Was machen Sie denn hier? Sind Sie denn noch
recht bei Trost? Wer sind Sie überhaupt?«

»Äh, ich bin Cindys Freund, Andy Tallister.«

Inspektor Woolbeck sprang sofort ein großer täto-
wierter Schiffsanker auf dem rechten Oberarm ins
Auge und über dem dunklen, buschigen Brusthaar, das
aus dem ölverschmierten roten Overall ragte, sah er
eine nackte Frau.

Angeekelt blickte Inspektor Woolbeck Andy in die
Augen und begann mit seinem Verhör: »Herr Tallister,
Cindy ist gestern Nacht im Central Park ermordet wor-
den.«

Andys Augen tränten, als ob gerade Scheibenputz-
mittel in seine Augen gespritzt worden sei. Er schrie:
»Wirklich, … ist das wahr?« Er rang tief nach Luft und
trat mit dem Fuß gegen das Regal. Andy konnte sich
nicht beruhigen, er trampelte immer wieder mit beiden Beinen auf das mittlerweile auf dem Boden lie-
gende Regal ein, bis es einem Unfallwrack glich.

Inspektor Woolbeck rief: »Jetzt beruhigen Sie sich,
das ändert auch nichts mehr!«

Andy näherte sich ihm mit aggressivem Schritt. Inspektor Woolbeck trat einen Schritt zurück und war bereits auf einen Affektangriff gefasst. Woolbeck blieb
gelassen, denn als junger, ehrgeiziger Mann hatte er in
der Polizeiausbildung den schwarzen Gürtel in Karate
erworben.

Andy streckte ihm herausfordernd seinen Oberkörper entgegen und fluchte: »Das war sicher dieser verdammte Typ vom Telefon, den bring ich um.«

»Was für ein Typ vom Telefon?«, hakte der Inspektor nach.

Mit Tränen in den Augen setzte Andy fort: »Meine liebe Cindy wurde vor Kurzem von so einem Schleimscheißer angerufen, der ihr den Kopf verdreht hat.«

»Haben Sie den Namen von dem Typ?«

»Nein, Sie hat nur gesagt, dass er wie ein Teddy aussieht, nachdem Sie ihn das erste Mal getroffen hat. Leicht untersetzt mit braunen Kulleraugen und Haaren.«

›Eddie Spencer‹, schoss es Inspektor Woolbeck durch den Kopf. ›Aber, wer von den beiden spielt da ein falsches Spiel‹, sinnierte er weiter.

Inspektor Woolbeck sprach zu Andy: »Kommen Sie morgen bitte aufs Präsidium, um alles ins Protokoll aufzunehmen, und wegen dieses Hausfriedensbruchs haben Sie sich auch noch zu verantworten, allerdings auf dem Einbruchsdezernat. Außerdem wurde auf den Teddy, wie Sie ihn nennen, auch geschossen, geht das auch auf ihre Kappe?«

Andy schnaubte mit offenem Mund.

Woolbeck schloss das Gespräch: »Wir werden morgen noch einiges zu klären haben.« Er verabschiedete Andy und ließ Cindys Wohnungstür vom Hausmeister verschließen.

Gerade als er beim Versiegeln der Tür war, erblickte er im Hauseingang Steffi Becci, sie kam die Treppe hoch.

Inspektor Woolbeck fragte sie forsch: »Wir kennen uns doch. Wohin wollen Sie denn?«

Steffi Becci reagiert verschreckt und macht einen Schritt zurück.

Woolbeck hakte gleich nach: »Woher kennen Sie sie denn?«

Steffi druckste erst herum, sagt dann aber: »Das ist eine lange Geschichte. Sie haben mich doch damals nach Hause gebracht, zwei Tage danach wollte ich Eddie Spencer besuchen und habe ihn vor seinem Haus engumschlungen mit Cindy gesehen. Ich lasse mir Eddie Spencer nicht wegnehmen, von niemanden! Ich will mit Cindy von Frau zu Frau sprechen.«

»Woher haben Sie ihre Adresse?«

»Ich habe einen Brief bei Eddie mit ihrem Absender gefunden.«

»Haben Sie auch den Brief gelesen?«

»Nein, als ich ihn lesen wollte, kam Eddie wieder ins Zimmer. Aber die Adresse, die habe ich mir gemerkt.«

»Ich glaube viel eher, dass Sie bereits eine Unterredung mit ihr hatten. Cindy ist nämlich tot. Vielleicht kennen Sie sich ja viel besser, als Sie vorgeben, und wollten hier Spuren von sich verwischen.«

»Aber, ich äh,... Sie verstehen doch immer alles falsch.«

»Auf jeden Fall muss ich auch Sie bitten, morgen zur Protokollaufnahme ins Präsidium zu kommen.« Inspektor Woolbeck dachte: ›Es wäre doch gelacht, wenn ich nicht endlich Licht in diese dunkle Geschichte bringen könnte. Wenn ich nur wüsste, wie diese Gestalten alle zusammenpassen? Motive haben die ja alle genug. Der Schlüssel zu allem scheint Eddie Spencer zu sein.‹

Woolbeck beauftragte einen Kollegen, Andy rund um die Uhr beschatten zu lassen. Eddie Spencer übernahm er selbst, da er sowieso noch eine Rechnung mit ihm offen hatte.

Am Morgen ging Spencer wie immer erwartungsfroh zum Briefkasten. Zu seiner Freude fand er einen Brief von Mellows vor, den er hastig öffnete und schon während des Zurücklaufens ins Büro zu lesen begann. Im Brief stand in schwungvoller Schrift geschrieben:

Lieber Eddie Spencer,

mit diesem Brief möchte ich mich nochmals für die schönen Rosen bedanken, aber auch einiges berichtigen und versuchen, verständlich zu machen. Lies' ihn also bitte zu Ende, auch wenn er manchmal etwas hochtrabend erscheint.

Dass Du für mich nicht ein ‚Stück Dreck' bist (wie Du es sehr fantasielos und unpassend ausdrückst) siehst Du daran, dass ich mir die Zeit nehme, diese Zeilen (so ersichtlich und objektiv wie möglich) zu verfassen. Wenn Du dich also selbst dafür hältst, kann ich bei dir nur auf sehr viel Selbstmitleid schließen.

Ich kann dir mit einiger Gewissheit sagen, dass ich ganz einfach nicht das richtige Mädchen für dich bin - selbst, wenn die Liebe auf Gegenseitigkeit beruht hätte. Wir sind Welten voneinander entfernt. Das beginnt schon beim Temperament und endet spätestens beim Lebensstil. Das magst Du einsehen oder nicht.

Mellows hatte Eddie bereits zur inneren Raserei gebracht, als sie auf seine harmlose Frage, ob sie in der Mittagspause zusammen in ein Fast-Food-Restaurant gehen könnten, antwortete: »Das kann ich doch heute noch nicht wissen, ob ich morgen essen gehe.«

Er las weiter:

Das oder ein Verhängnis ist zum großen Teil auch, dass Du mich ziemlich idealisierst. Ich bin weder... ich finde die ‚Beschreibung' in einer Deiner Karten nicht mehr... nun ja, ein bestrickendes Menschenkind noch ein herzensgutes Geschöpf; das Unglück für dich ist nur, dass Du mich dafür hältst.

Fazit: Ich fände es nicht gut, wenn Du mich ‚immer lieben' würdest. Was ich ehrlich gesagt auch für ziemlich unwahrscheinlich halte. Das geht schneller vorbei, als Du

denkst; deswegen halte ich die Sache mit dem Foto eigentlich auch für unnötig.

Tut mir leid, wenn das jetzt alles ein bisschen altklug und überheblich klingt. Aber mit Deinen 35(?) Jahren solltest Du eigentlich mitbekommen haben, wie das Leben so spielt. Nimm also dich und Deinen Liebeskummer nicht so ernst und bleib offen für Neues.

Und vielleicht ein kleiner Trost: Es geht mir nicht anders. Ich meine, was den Herzschmerz betrifft. Der Mann, den ich liebe (obwohl er - und hier passt es - ›ein Stück Dreck‹ ist), werde ich wohl auch nie gewinnen können. Damit muss auch ich mich abfinden. Ich wünschte, dieser eine wäre zu solcher Liebe fähig, wie Du sie mir entgegenzubringen versucht hast. Mein Auserwählter kennt nämlich nur eine Art von Liebe. Ja, er verdient es sogar weit weniger als Du, geliebt zu werden. Aber gegen seine Gefühle kann man eben nicht ankämpfen. C'est la vie, Monsieur Eddie Spencer! Also nimm es nicht zu ernst und akzeptiere, wie es ist.

Um endlich zum Ende zu kommen:

Lass es nicht zu, dass die Liebe einen Narren aus dir macht; was ich mir übrigens auch ständig sagen muss. Wie leicht ist es, aus Liebe zur Klette zu werden und seinen eigenen Stolz zu verlieren, indem man versucht, dem anderen alles recht zu machen und sich selbst so zu verbiegen, wie man meint, dem Gegenüber könnte es gefallen. Gestehe den Frauen nicht zu schnell Deine Liebe, denn viele werden sich dadurch beengt fühlen und selbst ein unkompliziertes Zusammentreffen kann dann zu einer Qual werden.

Wie dem auch sei, das ist alles, was ich dir offen und ehrlich mitteilen kann. Bitte verstehe meine weniger feinfühligen Sätze nicht falsch, sie sind als Ermutigung gedacht und um dich aus Deinem Dornröschenschlaf ein bisschen aufzuwecken.

An keiner Stelle dieses Briefes habe ich mich über dich lustig gemacht. Denn, auch wenn du es selbst noch nicht kannst - ich akzeptiere dich so, wie Du bist.
Alles Gute,
Lucia Mellows

Nachdem Eddie Spencer den Brief und einige Schnäpse und Inspektor Woolbeck mit seinem Wagen einige Staubwolken hinter sich gelassen hatte, stand Woolbeck vor Spencers Büro.

»Hallo Eddie Spencer, wo waren Sie in der gestrigen Nacht zwischen zweiundzwanzig und zwei Uhr morgens?«

»So, wie Sie fragen, Herr Inspektor, könnte man ja glatt meinen, dass sich schon wieder etwas Schreckliches ereignet hat.«

»Jetzt antworten Sie schon, Spencer, verdammt noch mal!«

»Na, ich war mit Marc einen saufen, ich habe meinen Frust mal wieder wegen eines Weibes heruntergespült.«

»Um welche Frau ging es denn diesmal?«

»Das tut jetzt nichts zur Sache!«

»Kommen Sie schon, Spencer, es geht immerhin um Mord!«

»Ohne triftige juristische Gründe hören Sie jetzt gar nichts mehr von mir. Ich habe ihre ständigen Verdächtigungen satt.«

»Jetzt seien Sie verdammt noch mal kooperativ. Ging es gestern bei ihrem Treffen mit Marc um Cindy?«, fragte Inspektor Woolbeck.

»Nein, es ging nicht um Cindy«, erwiderte Eddie Spencer trotzig.

Inspektor Woolbeck trat von einem auf das andere Bein und beschloss, die Strategie seines Verhörs mit

einer Fangfrage zu ändern. »Sie kennen aber eine gewisse Cindy?«

»Ja, sicher kenne ich die, und Sie haben sie ja selber gesehen, als Sie mich im Krankenhaus besucht hat.«

»Wie war ihr Verhältnis zu ihr? Spencer, kann das sein, dass Sie mal wieder mehr als nur Freundschaft wollten und Sie deshalb Stress mit der Frau bekommen haben?«

»Also wirklich, Herr Inspektor, Sie können Fragen stellen! Wir haben uns recht gut verstanden und Sie hat sogar beabsichtigt, ihren Freund für mich zu verlassen.«

Inspektor Woolbeck zog ungläubig die Augenbrauen hoch.

»Kennen Sie Namen und Adresse ihres Freundes?«

»Sie hat immer nur den Namen ›Andy‹ erwähnt, aber mit Hilfe ihres polizeilichen Datensystems und ihrer Eltern werden Sie sicher den ganzen Namen ermitteln.«

»Das werde ich!«, entgegnete Woolbeck.

»Aber warum, Herr Inspektor, wollen Sie denn das Ganze alles wissen?«

»Cindy wurde gestern Nacht Opfer eines Gewaltverbrechens«, knallte Inspektor Woolbeck Eddie Spencer ohne jegliches Einfühlungsvermögen vor den Latz.

»Oh, nein!«, schrie Eddie hell und grell in den Raum und ihm traten sofort Tränen in die Augen.

Sicherlich war Cindy nicht seine große Liebe gewesen, die lief bei ihm eher unter der Kategorie *Fast-Food,* aber eine Frau, die so hübsch war, mit der er so gerne in der Öffentlichkeit auftrat, um seinen Marktwert aufzubessern, und die ihm jede Menge im Bett geboten hatte, wollte er natürlich nicht verlieren. Auch wenn er immer noch den Brief von Mellows zu verarbeiten hatte, so tat es ihm um Cindy jetzt aufrichtig leid.

»Das Schwein«, rief Eddie Spencer, als sei der Blitz in ihn gefahren. »Das kann ja nur dieser eifersüchtige Andy gewesen sein. Nehmen Sie diesen Mann sofort fest.«

»Jetzt mal langsam Spencer. Warum sind Sie sich so sicher?«

»Ja, also die Liebe zu Cindy hat aus diesem Mann einen Narren gemacht und sie hat mir gesagt, dass er es nicht akzeptieren wird, wenn sie ihn wegen mir verlässt.«

Inspektor Woolbeck sagte: »Also, Herr Spencer, jetzt bekommen wir doch langsam einen Schimmer, wer die Schüsse auf sie abgefeuert hat.«

»Allerdings«, zischte Eddie Spencer.

»Jetzt aber nichts wie los zu Andy«, rief Inspektor Woolbeck im Gehen.

Die Ereignisse der letzten Zeit waren Eddie sehr zu Herzen gegangen. Und obwohl er noch sehr unter seinem verletzten Stolz wegen des Korbs von Mellows litt, so dachte er doch: ›*Verdammt nochmal, es ist nicht schön, alleine zu sein, aber ich bin selber ein eigenständiges Individuum und ich brauche nicht immer so zu tun, als ob ich nicht ohne Frauen leben kann.*‹

Er nahm auf seinem bequemen Bürosessel Platz und beruhigte sich und sagte zu sich: »*Du bist mit deiner Sicht der Welt viel zu stark in alles involviert, entspanne dich, lieber Eddie, und freue Dich auch mal an den kleinen Dingen des Lebens wie an dem Bier vor dir.*« In diesem Zustand der Gelassenheit fiel ihm Amelie, die hilfsbereite und dynamische Krankenschwester, ein. Er beschloss, mit ihr Kontakt aufzunehmen.

Nachdem Inspektor Woolbeck ergebnislos Andy verhört hatte und sich gerade einen Kaffee im Polizeipräsidium gönnen wollte, platzte Kathys Vater ins Büro.

»Haben Sie endlich das Schwein hinter Schloss und Riegel gebracht?«

»Wen denn?«

»Na, Eddie Spencer. Den sollte man glatt über den Haufen schießen.«

Auf einmal ging Woolbeck ein Licht auf. »Haben Sie denn eine Waffe?«, fragte er Mr. Traffic.

»Ja, äh,... eigentlich schon, aber, äh... «

»Dann können wir uns die ja mal zusammen in Ruhe anschauen!«, forderte der Inspektor.

»Ja, schon«, stimmte Mr. Traffic kleinlaut zu.

Sie fuhren zu seiner Villa. Man betrat das Haus. Es wirkte verlassen. »Ist ihre Haushälterin eigentlich nicht mehr da?«, erkundigte sich Woolbeck.

»Nein, die arbeitet jetzt im Krankenhaus. Ich habe nun eine andere, die ist längst nicht so zuverlässig.«

Kathys Vater bat Inspektor Woolbeck einen Moment zu warten und ging die Treppe hoch in sein Büro. Woolbeck vernahm, wie Mr. Traffic die Tür verschloss. Noch ehe er geschaltet hatte, vernahm er einen Schuss.

Inspektor Woolbeck brach die Tür auf. Jede Hilfe kam zu spät. Kathys Vater hatte sich aus Schmerz und Wut das Leben genommen.

Den genauen Tathergang der Schüsse auf Eddie Spencer entnahm Inspektor Woolbeck einem Abschiedsbrief, der vor Mr. Traffic auf dem Schreibtisch lag.

- *9* -

»Oh, nein!!«, brüllte Inspektor Woolbeck. Noch nie hatte er so viel Pech und Verzweiflung auf einmal erlebt, wie in diesem verzwickten Fall. Diesmal blieb ihm wirklich nichts erspart. *Jetzt muss ich den Mörder seiner Tochter und den Cindys erst recht finden, sonst kann ich mir die Beförderung und womöglich den ganzen Job abschminken.*

Woolbeck fuhr verbittert zu seinem Büro und nahm sich nochmals die gesammelte Akte und vor allem die zuletzt angefertigten Protokolle vor. *›Es muss dort irgendetwas geben, was ich übersehen habe. Andy könnte der Mörder von Cindy sein, kennt aber Kathy vermutlich gar nicht. Eddie Spencer kennt zufälligerweise alle - könnte aber vielleicht doch wider Erwarten unschuldig sein - was ist mit Steffi? Was mit Marc? Gibt es noch eine große Unbekannte bzw. einen großen Unbekannten? Fragen über Fragen. Es ist wie verhext!‹*, sinnierte Inspektor Woolbeck und griff zum Hörer, um seinen Kollegen anzurufen.

»Alles ruhig, keine besonderen Vorkommnisse bei Andy.«

›Nichts los‹, dachte Inspektor Woolbeck ernüchtert.

Eddie Spencer betrat den Friseurladen von Lavé. Endlich mal wieder das lästige Unkraut vom Kopf entfernen lassen. Lavé legte gerade die Zeitungen auf der Kassentheke im Eingangsbereich seines Salons aus und starrte entsetzt auf die Schlagzeile *›Haarmörder macht auch vor Titten nicht halt‹.*

Eddie Spencer begrüßte ihn: »Hallo Lavé! Ich war ja schon lange nicht mehr da. Es lag aber nicht an mir, in letzter Zeit hat sich vieles ereignet.«

»Das ist ja interessant«, gab Lavé halblaut und völlig desinteressiert von sich.

»Nehmen Sie bitte Platz, Herr Spencer«

Eddie Spencer pflanzte sich in den Friseursessel und meinte: »Schneiden Sie es wieder so wie beim letzten Mal.«

»Geht in Ordnung, Herr Spencer.«

Eddie Spencer nahm Platz. »Auf mich hat man geschossen und ich war längere Zeit im Krankenhaus.«

Lavé fing an zu schneiden und meinte: »Was Sie nicht sagen!«

»Also ich habe keine Ahnung, wer mir etwas zuleide tun wollte.«

»Ja, also das kann ich auch nicht verstehen. Sie sind doch so ein fröhlicher, aufgeschlossener Mensch, Spencer.«

»Ja...«, Eddie musste lauthals lachen, »allerdings war ich für manche Frauen in letzter Zeit etwas zu aufgeschlossen.«

»Was Sie nicht sagen!«

»Ich könnte die ganze Sippe der Frauen auf den Mond schießen.«

»Das kann ich gut verstehen! Ich habe auch schon meine Enttäuschungen mit Frauen erlebt«, stimmte Lavé zu.

Eddie Spencer, immer mehr ins Seufzen fallend: »Wer hat das nicht! Ist Ihnen das auch schon passiert, dass Sie für eine Frau einen Riesenstrauß Blumen gekauft haben, sie auf Knien angefleht und gebettelt haben und sie sich doch nicht erweichen ließ?«

Mit halblauter Stimme meinte Lavé: »Mir sind noch viel schlimmere Dinge passiert.«

Eddie Spencer schaute ihn mit betroffenem Gesichtsausdruck an.

»Ich bin schon mal extra zu einer Frau nach Arkansas City gefahren, mit der ich übers Internet verabredet war.«

»Das ist ja ganz schön weit«, warf Eddie ein.

Lavé fuhr mit der Erzählung fort: »Und als ich dann nach fünf Stunden Fahrt endlich dort war, hat sie so getan, als ob wir gar nicht verabredet seien, als ob ich nur Luft wäre.«

»So ein Luder! Ja, das mit dem Internet ist eine lausige Sache, ich habe da auch schon so meine Erfahrungen gemacht, einmal habe ich mich mit einem Mann getroffen, der nur eine weibliche Identität vorgegeben hatte und ein anderes Mal hatte ich das zweifelhafte Vergnügen, eine Dominaschlampe kennenzulernen.«

Lavé hatte seinen Blick zu Boden gesenkt, aber seine Augen blitzten kurz elektrisiert auf: »Wir Männer sind schon arme Schweine!«

»Allerdings«, stimmte Eddie Spencer mit Nachdruck in der Stimme zu.

Als das Haareschneiden beendet war, bezahlte Eddie Spencer und verabschiedete sich mit schallendem Lachen: »Wir Männer sind schon blöd, dass wir immer wieder auf diese Weiber reinfallen müssen!«

Nach Ladenschluss fegte Lavé sämtliche Haare auf dem Boden zusammen. Eine seiner Friseusen sagte: »Na, Herr Lavé, bei ihren drei Haaren auf dem Kopf, nicht neidisch werden auf die ganze Pracht vor Ihnen, nicht dass Sie noch versuchen, die Haare mit Pattex auf ihrem Kopf festzukleben!«

Und Stella rief: »Vielleicht finden Sie dann endlich mal eine Frau!« und verließ den Laden zu dem röhrenden Chevrolet Camaro, aus dem Heavy-Metall-Musik dröhnte.

Guten Mutes beschloss Eddie, sich auf die Suche nach Amelie zu machen. Das schien ihm eine treuherzige Frau zu sein und außerdem törnte ihn ihre dunkle Haut an. Woolbeck hatte sich bereits als Beschatter an Spencers Fersen geheftet und war gespannt, was der Knabe wieder alles so vorhatte.

Er folgte ihm mit dem Auto bis zum Krankenhaus und dachte: ›Nanu! Was will der denn schon wieder im Krankenhaus, seine Fäden sind doch schon gezogen worden.‹

Eddie Spencer parkte seinen Wagen vor dem Krankenhaus und wartete einige Zeit vor dem Eingang und tatsächlich, nach ca. zehn Minuten kam Amelie.

Inspektor Woolbeck war recht überrascht, dass Eddie Spencer sie nicht ansprach, sondern sich hinter einer Litfaßsäule versteckte.

Eddie Spencer hingegen war auch überrascht, aber über sich selbst. Er spürte wie seine Hände immer feuchter wurden und ihm war, als müsse er einen riesigen Knödel herunterschlucken. Er, der Meister des Small Talks, der immer einen passenden Spruch wie ein Chamäleon für jede Situation parat hatte, stand da wie versteinert und konnte keinen Muckser machen, es war zum Verrücktwerden!

Woolbeck, der diese Szene beobachtete und bei Eddie Spencers Auflauern schon auf das Schlimmste gefasst war, wunderte sich: »Nanu, was führt der Bursche im Schilde? Wollte er hier vor dem Krankenhaus direkt über sein Opfer herfallen und hat er es sich dann anders überlegt, weil es hier zu viele Zeugen gibt? ... Aha, jetzt nimmt er die Verfolgung auf.«

Es war ein Bild für Götter in der Yorkshire Road, wie Eddie Spencer im Abstand von zehn Metern Amelie

und Inspektor Woolbeck wiederum im gleichen Abstand Eddie Spencer verfolgte. Amelie betrat ihren Wohnblock und der Inspektor sah, wie sich Eddie Spencer etwas auf einem Zettel notierte. Dann machte Eddie Spencer auf einmal überraschend kehrt und der Inspektor konnte sich nur mit Mühe in einen Hinterhof stürzen, um nicht erkannt zu werden.

Schließlich ging Spencer wieder zurück zu seinem Auto und Inspektor Woolbeck folgte ihm. Eddie fuhr zurück in sein Büro und Inspektor Woolbeck beschloss, ins Polizeipräsidium zu fahren.

Dort ackerte er dann die Akten von Triebtätern und Mördern, die momentan nicht in der Psychiatrie bzw. im Gefängnis einsaßen, durch. Er schaute, ob es schon vergleichbare Messermorde gegeben hatte, er durchforstete sogar Akten von weiblichen Straftätern.

Amelie war gerade von der Arbeit heimgekommen und machte es sich vor dem Fernseher gemütlich. Nach einer halben Stunde erhielt sie einen Anruf.

Eine ihr unbekannte Stimme säuselte ins Telefon: »Ja, hallo Amelie, wie geht es dir denn? Bist du gerade von der Arbeit gekommen?«

»Ja, aber wer spricht denn da überhaupt?«

»Dr. Bentley«, sagte der Anrufer.

Amelie stutzte, verwechselte dann aber den Anrufer mit einer Kneipenbekanntschaft und fragte: »Bist du immer noch so oft im *Prime Time*?«

»Ja, natürlich«, antwortete Dr. Bentley.

»Und immer noch so viel alleine?«

»Ja, schon, ähm...«, stotterte Dr. Bentley.

»Das braucht dir doch nicht peinlich zu sein«, sagte Amelie geschwind.

»Ja, ähm, ich würde Dich gern mal wieder treffen«, sagte Dr. Bentley schüchtern.

»Aber gerne doch«, erwiderte Amelie. Man verabredete sich kurzerhand für den morgigen Abend im *Prime Time.*

Mit gemischten Gefühlen nahm Amelie wieder vor dem Fernseher Platz. Einerseits freute sie sich darauf, ihren alten Bekannten wieder zu treffen, andererseits aber machte sie sich Gedanken. Und als sie dann auch noch die Regionalzeitung durchblätterte, stach ihr auf einmal die Schlagzeile in die Augen *»Erneut Mordtat im Central Park«* mit dem Hinweis, dass der Täter die Adresse der Opfer vermutlich telefonisch herausbekommen hatte. Jetzt hatte Amelie ein ungutes Gefühl in der Magengegend. *›Ob das wirklich Dr. Bentley gewesen ist?‹*

Nach einer schweißgebadeten Nacht griff Amelie zum Telefonhörer und rief auf dem Polizeipräsidium an. Sie informierte Inspektor Woolbeck über den mysteriösen Anrufer.

»Das ist ja interessant! Sind sie mutig genug die Person zu treffen?«

Amelie zauderte und sagte dann: »Und wer passt auf mich dort auf?«

»Sie bekommen natürlich Polizeischutz.«

»Da bin ich aber beruhigt«, sagte Amelie.

Sicher, wenn es sich um ein windiges Treffen außerhalb der Stadt in einem alten Kieswerk, wie man das aus schlechten Filmen kennt, gehandelt hätte, wäre sie nicht einverstanden gewesen.

Steffi Becci rief bei Eddie an und fragte nach, ob sie sich noch mal treffen könnten, um alles in Ruhe zu besprechen.

»Ja, das können wir eigentlich schon, aber äh, Steffi, in letzter Zeit hat sich in meinem Leben einiges er-

eignet und ich möchte dir keine falschen Hoffnungen machen.«

»Aber es war doch damals so schön in deinem Apartment!«

»Ja, sicher, dass hat mir auch gefallen, aber irgendwie bin ich ein neuer Mensch geworden. Ich habe jetzt die große Liebe meines Lebens kennengelernt und ich muss erst mit ihr alles klären, bevor ich mich mit Abenteuern aufhalte.«

»Ich war also nur ein Abenteuer«, schluchzte Steffi und wollte schon den Hörer einhängen, als ihr Eddie Spencer vorschlug, sie könnten aber gute Freunde bleiben, schließlich sei eine gute Freundschaft zwischen Mann und Frau viel Wert.

Mit innerer Genugtuung, freute sich Eddie Spencer, endlich auch mal jemanden mit dieser schon tausendmal erlittenen Phrase demütigen zu können.

»Ja, das kann ich mir überlegen«, beendete Steffi lakonisch das Telefonat. Eddie Spencer lehnte sich zufrieden in seinem Sessel zurück und freute sich: »Jetzt siegt doch noch höhere Gerechtigkeit, endlich muss jetzt auch mal eine Frau sich das gereifte *Gelalle* über die gute Freundschaft anhören.«

Mr. Yellowkingfish war von Inspektor Woolbeck auf Andy zur Beschattung angesetzt worden. Er saß im Auto vor Andys Haus und hatte diesen Job jetzt schon einige Nächte hinter sich. Er machte sich schon auf eine weitere langweilige Nacht, die ihn langsam wie eine Schlange ein Kaninchen verschlingt, gefasst. Nachtarbeit war schon eine merkwürdige Sache. Es war für ihn, als ob ihm jemand mit einem Baseballschläger eine überziehen würde, nur damit er sein natürliches Schlafbedürfnis für diesen Job preisgab. Mörderisch war für ihn dieses Warten ohne echte Beschäftigung. Selbst in der leidigen Aktenablage und

-vernichtung auf dem Polizeipräsidium hatte er noch mehr Sinn gesehen. Hundert Aktenordner waren immerhin ein Ergebnis und wenn er sein Tempo steigerte und auf hundertzwanzig pro Tag kam, nahm seine innere Befriedigung zu. Heute Nacht aber war er nur auf das Aktivwerden des anderen angewiesen und das machte ihn ganz kribbelig. Zumal diese verdammte Nachtarbeit es sehr erschwerte, die Beziehung zu seiner Frau intakt zu halten. Wenn er von der Arbeit kam, musste er sich mucksmäuschenstill verhalten, damit sie noch eine Stunde schlafen konnte, denn wenn sie morgens diesen Schlaf zwischen sechs und sieben nicht bekam, war sie den ganzen Tag über todmüde. Kam sie jedoch abends vom Einkaufen nach der Arbeit heim, musste er schon wieder zur Arbeit aufbrechen.

Vor lauter Langeweile bestellte er sich beim Pizzaservice eine Kanne Kaffee und eine große Pizza. Doch gerade als der Pizzawagen kam, verließ Andy - ärgerlicherweise - das Haus und fuhr mit seinem Wagen los. Jetzt hatte er keine andere Wahl mehr und musste die Verfolgung aufnehmen. Andy fuhr von der Washington Street in die Blackbird Street. Es war ein ständiger Zickzack mit dem Abbiegen. Da aber in der Nacht wenig Verkehr auf den Straßen war, konnte Yellowkingfish locker dranbleiben.

»Nanu, was will der denn bei diesem Spencer?«, wunderte sich der Polizist, als dieser vor Eddies Büroblock parkte. Der Polizist glaubte seinen Augen nicht zu trauen, als er sah, wie Andy mit einem Gewehr in der Hand ausstieg und zum Haus eilte. Der Polizist sprang sofort aus dem Auto und stürmte ins Haus.

Eddie wunderte sich, als es bei ihm mitten in der Nacht klingelte. Er murmelte: »Wer will mir denn jetzt

noch einen Besuch abstatten?« Er wälzte sich noch ein paarmal träge hin und her, ehe er sich einen Ruck geben konnte, aufzustehen.

Er rief: »Hallo, wer ist denn da?« Eddie Spencer drückte den Türöffner. Naja, es wird wohl Steffi sein, vielleicht lasse ich mich doch noch etwas erweichen.

Andy nahm den Aufzug und der Assistent von Inspektor Woolbeck, Yellowkingfish, rannte wie ein Wahnsinniger die Treppe hoch. Gut, dass er wusste, wo Eddie Spencer wohnte. Als Yellowkingfish außer Atem im 9. Stock ankam, sah er Eddie Spencer verschwommen in der Wohnungstür und wie Andy mit dem Gewehr auf die Tür zielte. In letzter Sekunde schubste er Andy zur Seite, sodass der Schuss in die Hauswand krachte. Es entstand ein wildes Gerangel zwischen den beiden Männern. Schließlich konnte sich jedoch Andy losreißen und Yellowkingfish mit dem Gewehr eine verpassen und flüchten.

Eddie Spencer, der immer noch vor Schreck in der Tür taumelte, brachte den Assistenten mit einem rasch geholten nassen Waschlappen wieder zu Bewusstsein.

»Danke, Mr. Yellowkingfish, da habe ich ja ganz schön Schwein gehabt«, wandte sich Eddie Spencer an den Polizisten, der langsam wieder zu Bewusstsein kam.

»Keine Ursache, das ist mein Job, Mr. Spencer. Aber leider ist der Bursche jetzt natürlich schon über alle Berge. Der war ja nicht gerade gut auf sie zu sprechen«, sagte Yellowkingfish.

»Sie reden ja schon wie dieser Inspektor Woolbeck«, verdrehte Eddie Spencer die Augen.

Unterdessen wurde Inspektor Woolbeck aus seinem wohlverdienten Schlaf gerissen. Völlig außer Atem meldete sich Mellows: »Man hat versucht, mich zu vergewaltigen. Zum Glück kam ein Spaziergänger vorbei und dann konnte ich dem Täter das Messer aus der Hand schlagen und er flüchtete.«

»Wo sind Sie? Ich komme sofort!«

»Im Central Park, Ecke Metrostation Donnington.«

›Aha, in der Nähe von Eddie Spencers Wohnung‹, dachte Inspektor Woolbeck und düste los.

Er parkte schnell sein Auto und stürmte auf Mellows zu.

»Haben Sie eine Ahnung, wer der Täter war?«

»Naja, eigentlich nicht, es war ja sehr dunkel und er hat mich kaum berührt, aber vielleicht war es ja Spencer.«

Woolbeck stand da wie vom Blitz getroffen. *›Also doch dieser Schurke! Den hätte ich schon längst einbuchten sollen‹,* dachte er. »Wie kommen sie denn gerade auf den?«, fragte er forschend.

»Naja, das war ein leidenschaftlicher Verehrer, der sehr aufdringlich war und dem ich leider einen Korb geben musste. Aber dieser Mann war so besessen von der Idee, mit mir zusammen zu sein.«

Inspektor Woolbeck nickte verständnisvoll.

Mellows und Inspektor Woolbeck düsten sofort zu Eddie Spencers Wohnung und waren ziemlich überrascht, als sie sahen, wie Eddie Spencer und Mr. Yellowkingfish sich wild gestikulierend vor dem Wohnblock unterhielten. Die Rekonstruktion der Tatzeiten ergab nahezu Zeitgleichheit.

›Verdammt noch mal, das Messer des ›Messermörders‹ ist endlich sichergestellt. Dann sind Andy und Spencer

also unschuldig an den Mordfällen von Kathy und Cindy?‹, durchzuckte es das Hirn von Inspektor Woolbeck.

Woolbeck verbrachte trübe Regentage des Aktenwälzens mit einer großen, dampfenden Tasse Kaffee auf dem Polizeipräsidium. Wer war nur der große Unbekannte?

Endlich war der Abend für das Treffen mit Amelie im Prime Time gekommen. Eine muntere Live Band spielte im Hintergrund flotten Jazz.

Woolbeck war mit einem schwarzweißen Sakko mühelos in die Rolle eines vornehmen Kellners geschlüpft, der es zumindest für einen Abend genoss, den Bückling zu machen.

Ein gutgelaunter Eddie präsentierte sich einer überraschten Amelie, die gleich loslegte: »Das hättest du ja gleich sagen können, dass du das bist, warum machst du solche Spielchen am Telefon, Eddie?«

»Ich habe mich nicht getraut, meinen Namen direkt zu nennen«, sagte er leicht errötend und blickte auf den Parkettboden.

»Warum denn nicht?«, fragte Amelie. »Du hast mir im Krankenhaus doch nicht so einen schüchternen Eindruck gemacht!«

Spencers Gesicht hellte sich auf.

Inspektor Woolbeck, der die ganze Szene vom kalten Büfett aus beobachtete, schaute genervt. »Verdammt, das ist ja jetzt doch dieser Eddie Spencer! Ich dachte, der Mann sei unschuldig. Mal sehen, was der Abend noch für einen Verlauf nimmt«, zischte er vor sich hin, bevor er wieder seiner Pflicht als Kellner am Büfett nachkam.

Und der Abend nahm für Spencer und Amelie einen äußerst angenehmen Verlauf. Eddie machte sich einen

Spaß daraus, sich vom Inspektor bedienen zu lassen, und Amelie wurde immer ausgelassener und lachte unaufhörlich.

Woolbeck fragte sich: »Verdammt, was macht dieser Mann denn mit der Frau?«

Am Ende des Abends verstanden sich Eddie Spencer und Amelie so prächtig, dass Inspektor Woolbeck vor ihrer Haustür ein Einsehen haben musste und die Beschattung aufgab.

Nach einer rauschenden Liebesnacht und einem gemütlichen Frühstück brachte Eddie Spencer Amelie zur Arbeit ins Krankenhaus. Er ließ sie einige Meter davor an der Bushaltestelle am Waldrand aussteigen, weil er aufgrund von Verbotsschildern nicht direkt vor das Krankenhaus fahren durfte.

Amelie wollte gerade den Weg zum Krankenhaus gehen, da stürzte aus dem Gebüsch eine vermummte Person von hinten auf sie zu, nahm sie in den Schwitzkasten und zerrte sie hinter den Busch am Ende des Waldweges, wo ein Auto stand.

Ehe sich Amelie richtig wehren konnte, waren ihre Hände hinter ihrem Rücken gefesselt, ihr Mund mit Heftpflaster verschlossen und ihre Augen verbunden. Plötzlich fand sie sich auf der Rückbank eines Autos wieder.

Mit quietschenden Reifen raste der Wagen zu einem unbekannten Ort. Amelie wurde hin- und hergeworfen, was ihr jede Menge blaue Flecken bringen würde. Nach etwa zwanzig Minuten Fahrt hielt der Wagen.

Amelie hörte, wie die Tür aufgerissen wurde, spürte unter ihren Füßen weichen Waldboden und dachte sich: ›Oje, so fern ab der Zivilisation habe ich kaum eine Chance, gerettet zu werden!‹

Sie spürte, wie ihre rechte Hand ergriffen wurde, sie mit einem wahnsinnig starken Ruck aus dem Wagen gezerrt und in einen Raum geschubst wurde. Das geschah mit solchem Schwung, dass sie zu Boden stürzte und sich den Kopf an einem festen Gegenstand, dem Bettgestell vor ihr, aufschlug. Dann hörte sie, wie die Tür ins Schloss fiel und von innen verschlossen wurde.

»Jetzt sind wir endlich ungestört«, sprach die Stimme genießerisch. »Jetzt kannst du bald schreien, so laut du willst, und niemand wird dich hören.«
Es wurde ein Messer am Eisenschloss gewetzt und Amelie lief der Angstschweiß in Strömen herunter und durchnässte ihre Bluse.

Per Handy wurde Eddie Spencer angerufen, die Stimme brüllte. »Ich habe deine neue Flamme hier, willst du sie mal hören?« Der Entführer riss Amelie in einem Zug brutal das Pflaster vom Mund, sodass sie einen grauenhaften, spitzen Schrei von sich gab.

Spencer fuhr es durch Mark und Bein, ein eiskalter Schauer lief über seinen Rücken und Tränen traten in seine Augen. »Ich zahle alles, was Sie wollen, wenn Sie sie nur verschonen!«
»Ich will kein Geld, ich möchte ihnen auch das Glück zerstören, wie Sie meins zerstört haben.«

Spencer war nun völlig in Tränen aufgelöst und noch ehe er antworten konnte, legte der Entführer auf.
Mit einem teuflischen Lachen klebte der Entführer Amelie wieder den blutenden Mund zu.
Eddie trat nervös von einem Bein auf das andere und fluchte: »Jetzt, wo ich meinem Lebensglück so nahe bin, passiert so etwas!«

Er rief sofort Inspektor Woolbeck an und dachte sich, der kann mir ja auch mal helfen. Wenige Minuten und eine Donnerfahrt später stand Woolbeck in Eddie Spencers Büro.

»Schön, dass Sie auch so schnell sind, wenn ich einmal Ihre Hilfe brauche.«

»Um was geht es denn? Sie haben ja vorhin am Telefon nur wirres Zeug von Entführung gestammelt?«

»Amelie ist vermutlich von diesem Andy entführt worden. Er droht, ihr etwas anzutun, und schlägt sie, ich musste es am Telefon mit anhören.« Eddie Spencer schluckte.

Inspektor Woolbeck fragte aufgeregt nach: »Was sollte Andy denn für ein Motiv haben?«

»Sie fragen noch, na, der meint, ich habe Cindy umgebracht und will sich deshalb an mir rächen!«, entgegnete Eddie.

»Naja, Spencer, in der Sache mit Cindy ist das letzte Wort ja noch nicht gesprochen, aber retten wir jetzt erst einmal Amelie. Spencer, überlegen sie doch mal scharf, ob Cindy etwas davon erzählt hat, wo sie normalerweise ihre Zeit mit Andy so verbracht hat und was sich jetzt als Versteck anbieten könnte.«

Eddie kniff seine Augen zusammen und dachte angestrengt nach. Schließlich fiel es ihm ein: »Ja, ich hab's!«

Inspektor Woolbeck schaute ihn gespannt an.

Eddie Spencer fuhr fort: »Ich habe einmal mit Cindy einen Spaziergang gemacht, da hat sie mir eine Gartenlaube gezeigt, wo sie sich öfters getroffen haben und wo Andy Vogelspinnen züchtet!«

»Also, dann nix wie los, sie Privatdetektiv!«

»Jetzt fahren wir lieber mit meinem Auto als mit ihrer lahmen Krücke.«

»Ich glaube nicht, dass der so geländegängig ist«, stellte Woolbeck fest. »1:0 für sie, Inspektor Woolbeck, aber das Spiel ist noch nicht entschieden.«

»Also los, sie Kindskopf!«, fauchte Woolbeck.

Eddie Spencer war leicht gekränkt durch den Ton von Inspektor Woolbeck, doch Amelie hatte Vorrang und er schluckte seinen Stolz runter. Sie fuhren los.

Wenige Minuten später sagte Eddie Spencer: »Am besten parken wir jetzt und gehen den Rest zu Fuß, damit wir uns nicht schon vorab verraten.«

Woolbeck und Spencer schlichen zum Gartenhäuschen.

Amelie lag auf dem Bett mit aufgerissener Bluse. Andy hielt eine Vogelspinne in der einen Hand und streichelte sie mit der anderen. Sein aberwitziges Hobby war die Zucht von Vogelspinnen, die er in einem großen Terrarium hielt. Fast schon liebevoll setzte er nun die Spinne auf den Bauch von Amelie und sprach: »Was meinst du, was sich da auf deinem Bauch befindet?«

Amelie zitterte am ganzen Leib. Bevor sie nur einen Mucks machen konnte, brach die Tür auf. Inspektor Woolbeck stürmte herein. Andy rannte zum Hintereingang und gab dem überraschten Spencer einen kräftigen Schubs, der diesen unsanft in ein Rosenbeet beförderte.

Mit der Präzision eines Philatelisten schob Inspektor Woolbeck der Vogelspinne eine Zeitung unter und schmiss sie wie einen Federball gegen die Wand, an die sie mit dem Rücken knallte, so dass sie benommen zu Boden fiel. Amelie schaute gebannt auf den tatkräftigen Inspektor. Der Inspektor löschte der Spinne nun durch einen gezielten Tritt mit seinem Schuhabsatz das Lebenslicht aus. Er feierte mit einer geballten Faust seinen Erfolg und Amelie warf ihm einen dankbaren Blick zu.

Mit lautem Motorenheulen brauste Andy davon. Nachdem sich Eddie aus dem Rosenbeet aufgerappelt hatte, hatte er sofort das Gefängnis von Amelie aufgesucht. Freudig fielen sich die beiden in die Arme. Woolbeck hingegen hatte andere Sorgen. Er leitete sofort über Funk die Ringfahndung nach Andy ein. Diese brachte auch schnellen Erfolg. Andy wurde von einem eifrigen Polizisten an einer Tankstelle gestellt.

Während Inspektor Woolbeck ins Polizeipräsidium fuhr, brachte Spencer Amelie nach Hause. Er sagte zu Amelie: »Die nächsten Tage wohnst du erst mal bei mir, mein Schatz, da bist du sicher.«

Amelie stimmte zu: »Gut, ich ruhe mich nur ein bisschen bei mir aus und pack ein paar Sachen zusammen, dann kannst du mich heute Abend abholen.«

»Also bis heute Abend, Schatz«, verabschiedete sich Eddie Spencer.

Amelie ging die Treppe zu ihrem Apartment hinauf. Sie wollte gerade ihre Wohnungstür öffnen, als sie ein Geräusch hörte. Instinktiv drehte sie sich zur Seite und so ging das Messer ins Leere. Geistesgegenwärtig umschloss Amelie kraftvoll die ›Messerhand‹ der vermummten Gestalt. Durch ihren Beruf hatte sie einen kräftigen Griff und das Wissen, an welcher Stelle sie kräftig zu drücken hatte. Bald fiel das Messer zu Boden. Es folgte ein wildes Gerangel. Mal war der eine, mal der andere Kopf oben. So langsam gewann Amelie die Oberhand, sie drehte ihrem Gegner den Arm auf den Rücken, zerrte ihn in ihr Zimmer und fesselte ihn an den Heizkörper. Danach rief sie Inspektor Woolbeck und dann Eddie Spencer an.

Fast zeitgleich trafen Inspektor Woolbeck und Eddie Spencer ein. Sie hasteten in ihre Wohnung.

Amelie rief Inspektor Woolbeck zu: »Diese wahnsinnige Person hat mir vor der Tür aufgelauert und mich mit einem Messer angegriffen.«

Inspektor Woolbeck ging auf die gefesselte Person zu und riss ihr die Strumpfhose vom Kopf.

Eddie Spencer, der gerade Amelie in seine Arme geschlossen hatte, staunte nicht schlecht, als er Steffi Becci sah.

Sie rief: »Ich habe doch das alles nur für uns getan! Doch es war alles umsonst. Du hattest dich ja längst für dieses Weib hier entschieden. Ich habe dich so unendlich lieb. Hilf und verzeih mir bitte.«

Inspektor Woolbeck löste die Fesseln von Steffi und wollte ihr Handschellen anlegen. Doch er war ebenfalls verdutzt und meinte nachdenklich: »Hat dieses Mädchen wirklich durch die von Eddie Spencer erlebte Kränkung einen Mord begangen?«

Eddie Spencer kümmerte sich um Amelie. Diesen Moment der Unachtsamkeit nutzte die kleine Becci und rannte an Inspektor Woolbeck vorbei aus der Wohnung.

Dieser brüllte: »Wir dürfen dieses Biest nicht entkommen lassen.« Da drehte sich bereits der Schlüssel im Schloss.

»Jetzt sitzen wir in der Falle«, stellte Eddie schmunzelnd fest und presste Amelie noch fester an sich. Unterdessen war Steffi vor einen Wagen mit Streifenpolizisten gelaufen und rief: »Hilfe, ein Mann wollte mich vergewaltigen! Nehmen Sie ihn sofort fest.«

Die Polizisten stürmten aus dem Wagen und schrien: »Wo ist der Mann?«

»In diesem Gebäude im 6. Stock ist er.«

Die beiden Polizisten rannten mit gezückten Waffen die Treppe hoch und Steffi machte sich grinsend aus dem Staub. Als sie oben ankamen, hörten sie das Gedonner gegen die verriegelte Tür.

»Keine falschen Tricks, wir schießen jetzt die Tür auf, gehen Sie bitte zur Seite«, riefen die Polizisten.

Woolbeck, Amelie und Spencer traten einige Schritte zurück und nach einem gewaltigen Krachen und Türsplittern sahen sie die überraschten Polizistengesichter. »Inspektor Woolbeck, was machen Sie denn hier?«
»Haben Sie gerade eine junge Frau hier rausrennen sehen?«, gab Inspektor Woolbeck anstelle einer Antwort von sich.
»Doch, die hat uns ja hier hochgeschickt und gesagt, wir würden hier auf ihren Peiniger treffen.«
»Sie gutgläubiger Trottel! Dieses Früchtchen hat Sie reingelegt. Sie wollte gerade diese Frau umbringen.«
»Oh nein, jetzt ist sie sicherlich schon über alle Berge«, stammelten die Polizisten. »Die lacht sich jetzt ins Fäustchen«, stimmte Eddie Spencer zu.
»Lasst uns die Straße absuchen«, sagte Inspektor Woolbeck zu den Polizisten. »Ihr geht nach links und ich nach rechts mit Eddie. Amelie, sie können ja im Auto warten, dann kann sie uns nicht entwischen.«
»Notfalls macht ihr von der Schusswaffe Gebrauch. Mit Mördern darf man keinen Spaß verstehen. Mich trickst man nicht zweimal aus!«

Die Suche blieb jedoch ergebnislos.

Einige Tage später kam Eddie abends von der Arbeit in sein Apartment und glaubte seinen Ohren nicht zu trauen, als er auf einmal eine ihm bekannte Stimme hörte: »Überraschung, komm doch mal ins Schlafzimmer.« Er folgte der Stimme und sah, wie sich Steffi in schwarzer Reizwäsche auf seinem Bett räkelte und verführerisch flüsterte: »Lieber Eddie, ich habe immer an uns geglaubt, komm zieh dich aus und schlüpfe in etwas Angenehmeres!«

Eddie war verblüfft: »Ja, äh, wie kommst du denn überhaupt hier herein?«

»Na, durch den alten Scheckkartentrick.«

»Du bist wirklich ein raffiniertes Weib. Die Polizei hat dich überall gesucht, aber auf meine Bude ist sie natürlich nicht gekommen.«

Eddie ließ seinen Blick unauffällig durch den Raum schweifen und sah auf seinem Nachtkästchen eine geladene Pistole. »Da habe ich wohl keine andere Wahl, als das Spiel mitzuspielen«, dachte er und ihm kam zugleich ein brillanter Gedanke.

Nachdem die beiden reichlich Spaß im Bett miteinander gehabt hatten, strahlte Steffi: »Na, siehst du, dir hat es doch auch gefallen?«

Eddie starrte mit glasigen Augen vor sich hin und meinte dann: »Ich mag dich sehr, am besten beschaffe ich für dich einen neuen Pass, damit du ins Ausland unterschlüpfen kannst.«

»Das würdest du für mich tun?«

»Ja, natürlich«, erwiderte Eddie sanftmütig. »Du kannst schlecht auf Dauer in meiner Bude bleiben, weil dir sonst die Bullen auf die Schliche kommen werden. Aber mach dir keine Sorgen, ich habe ein kleines Gartenhäuschen hier in der Nähe, wo du es dir gemütlich machen kannst. Alles Weitere kann ich dann für dich regeln.«

Steffi umarmte ihn wild und jubelte: »Das hört sich gut an!«

Man packte noch einige Sachen zusammen und machte sich dann auf den Weg.

»Ich wusste gar nicht, dass du ein Liebesnest im Grünen hast«, meinte Steffi, als man vor dem Häuschen angekommen war. Sie zuckte nervös zusammen,

als sie sah, dass Eddie klingelte. »Warum klingelst du denn?«, fragte Steffi misstrauisch.

In der Gelassenheit des vollzogenen Beischlafes meinte Eddie: »Ich habe da einen Gärtner, der den Schlüssel für mich aufbewahrt und nach dem Rechten schaut.«

Da stand auch schon Inspektor Woolbeck mit Pfeife im Mund in der Tür. Steffi versuchte ihre Waffe zu ziehen, doch sie wurde von Inspektor Woolbeck mit einer Schlagkombination aus seiner Karateausbildung überwältigt.

»Du Schwein«, brüllte Steffi. »Ich habe immer an uns geglaubt.« Doch bevor sie sich weiter erzürnen konnte, packte Inspektor Woolbeck sie am Arm und führte sie ab.

Noch im Fortgehen spuckte sie Eddie ins Gesicht und fluchte: »Du widerlicher Schwanzlutscher, wenn ich aus dem Gefängnis komme, schneide ich dir die Eier ab.«

Eddie Spencer wurde es heiß und kalt. »Machen Sie sich nichts daraus«, rief Inspektor Woolbeck, als er Steffi auf dem Rücksitz mit Handschellen festmachte. »Bis die aus dem Knast kommt, kriegen Sie sowieso keinen mehr hoch!« und fuhr lachend zum Polizeipräsidium.

Eddie Spencer ging nun, um sich Trost zu holen, zu Amelie. Triumphierend teilte er ihr mit, dass die verrückte Mörderin, die sie überfallen habe, jetzt endlich hinter Schloss und Riegel sei!

Im Polizeibüro angekommen, machte sich Inspektor Woolbeck gleich ans Verhör. Steffi saß ihm, wie ein Häufchen Elend, am Schreibtisch gegenüber. Sein Assistent Yellowkingfish startete den Rekorder, um das

Verhör aufzuzeichnen. Woolbeck fing an. Die Personalien wurden aufgenommen. Dann begann er mit dem eigentlichen Verhör: »Für mich stellt sich momentan eigentlich nur die Frage: Warum haben Sie den bestialischen Mord an Cindy begangen?«

»Ich war so verwirrt, als ich Eddie mit Cindy sah, da musste ich was tun.«

Inspektor Woolbeck wollte es genauer wissen: »Dass sie es waren, daran besteht kein Zweifel. Dann war es also Mord aus Eifersucht!«, und lehnte sich zurück.

»Ich wollte sie doch nur die Treppe hinunterstoßen. Ich wollte ihr nur einen Denkzettel verpassen, woher konnte ich denn wissen, dass das Biest gleich daran stirbt«, sagte Steffi erregt.

Inspektor Woolbeck wies sie zurecht: »Jetzt halten Sie mal die Luft an! Sie haben doch den anderen Mord nur imitiert, um den Verdacht von sich abzulenken. Schließlich stand ja leider alles haargenau in den Gazetten!«

»Ich weiß gar nicht, was Sie wollen! Ich kann mich nur noch erinnern, dass ich sie heruntergestoßen habe. Danach ist bei mir Filmriss«, beteuerte Steffi.

»Aber es liegt doch eine nahezu identische Art und Weise der Begehung der Tat vor. Wollen Sie mit der alten lächerlichen Theorie des großen Unbekannten anfangen? Mit Ihrer Version kommen Sie mir jedenfalls nicht durch. Sie geben ja selbst zu, am Tatort gewesen zu sein. Der Rest geschah wohl gewissermaßen im Affekt.«

Steffi starrte trotzig auf den Schreibtisch.

»Na, Sie überlegen sich am besten alles nochmals in Ihrer gemütlichen Zelle, dann reden wir morgen weiter. Irgendwann müssen Sie ja wieder zu Sinnen kommen und mir die Wahrheit beichten.« Unter Protest wurde Steffi von einem Vollzugsbeamten abgeführt.

Woolbeck überlegte: ›*Es hilft alles nichts, ich muss weiter ermitteln.*‹

Er machte sich auf den Weg zum Broadway, um Mellows wegen der Tat im Central Park zu verhören. Er parkte seinen Wagen in einem Hinterhof des Theaters und ging auf das Theater zu. Er fragte zwei Techniker, die sich gerade mit einer großen Spanplatte, vermutlich Material für das Bühnenbild, zu schaffen machten, nach dem Personaleingang. Sie lotsten ihn zum Eingang für die Schauspieler. Er ging schnellen Schrittes das Treppenhaus hoch. Hinter einer Glasscheibe mit einem Guckloch saß ein älterer Pförtner mit graumeliertem Haar.

»Inspektor Woolbeck, guten Tag, wo kann ich Frau Mellows finden?«

Der Pförtner antwortete mit gelangweiltem Unterton: »Die probt gerade. Aber sie müsste gleich fertig sein. Sie können sie dann in der Garderobe, im Gang vorne rechts finden.«

Woolbeck wartete einige Minuten. Dann schwebte eine junge Frau mit rotbraunem Haar, bleichem Gesicht und auffällig rotgeschminkten Lippen in die Garderobe.

Inspektor Woolbeck begrüßte sie mit freundlicher Miene: »Nicht erschrecken, ich bin von der Polizei, Sie waren telefonisch nicht zu erreichen, deshalb platze ich direkt herein.«

Mellows entgegnete unerschrocken: »Sie wollen vermutlich den Ablauf der Tat wissen?«

»Schießen Sie los!«

»Also, ich ging von der U-Bahnstation Central Park in den Park. Auf einmal stürzte sich von hinten ein Mann auf mich.«

»Sind Sie sicher, dass es ein Mann war?«

»Ja, weil ich spürte, wie mein Oberarm ergriffen wurde, so greift keine Frau zu. Es entstand ein wildes Gerangel und in einem Moment der Unaufmerksamkeit trat ich dem Mann in den Unterleib und rannte davon. Der hatte ein Tuch wohl mit Chloroform in der einen Hand und in der anderen Hand hielt er ein Rasiermesser, wie man es beim Friseur öfter sieht, wenn Koteletten geschnitten werden.«

»Können Sie den Mann beschreiben?«

»Etwa 1,70 Meter groß und leicht nach vorne gebeugter Oberkörper. Das Gesicht des Täters war durch eine schwarze Maske verborgen.«

»Haben Sie eine Ahnung, wer es sein könnte?«

»Nein, leider nicht. Es ging auch alles zu schnell, es war dunkel und der Mann war, wie gesagt, maskiert.«

»Ist Ihnen in letzter Zeit sonst irgendwas passiert oder etwas Außergewöhnliches aufgefallen?«

»Naja, also so richtig glaube ich den Mörder nicht zu kennen. Ein paar seltsame Dinge, die mich beim Lernen meiner Rollen störten, hat es in letzter Zeit allerdings schon gegeben«, retournierte Mellows erhobenen Hauptes wie einst Maggie Thatcher in ihren besten Tagen.

»Ich höre«, warf Inspektor Woolbeck erwartungsvoll ein.

»Also, da war so ein Kerl, der mein Adressbuch in der Stadtbibliothek gefunden hat, ein ziemlich netter Kerl, der sich unglücklicherweise in mich verlieben musste. Da musste ich mich, so lieb wie er auch war, ganz schön ins Zeug legen, um ihn abzuwimmeln.«

»Wie hieß er denn?«, fragte Woolbeck.

»Eddie Spencer«, antwortete Mellows wie aus der Pistole geschossen.

»Nein... Nein, das darf doch nicht wahr sein«, brüllte Inspektor Woolbeck los.

»Kennen Sie den etwa?«

»Ja, allerdings. Der beschäftigt mich schon seit Wochen. Immer wenn in dieser Stadt ein Verbrechen passiert, hat dieser Eddie Spencer seine Finger mit im Spiel.«

»Herr Inspektor, jetzt aber nur keine vorschnellen Schlüsse, so ein Hansdampf in allen Gassen muss doch nicht gleich der Mörder sein. Wir wissen doch beide, Herr Inspektor, dass unser Frauenverehrer Eddie Spencer im Grunde keiner Fliege etwas zu leide tun kann.«

Inspektor Woolbeck war hin- und hergerissen, doch er zwang sich zur Ruhe und sagte: »Wir werden sehen, aber was war in Ihrem Leben sonst noch los?«

»Naja, da gibt es so einen verklemmten Typen hier am Theater, wenn der einem im Treppenhaus begegnet, presst er sich immer wie eine Briefmarke an die Wand und behauptet hinterher, es sei Höflichkeit, damit man durchlaufen kann, und der schaut zudem immer so gierig.«

»Und deshalb ist er verdächtig, einen Mord begangen zu haben? Das scheint mir doch etwas weit hergeholt, Frau Mellows.«

»Naja, da gab es noch einen kleinen Zwischenfall. Ich musste mich neulich für eine Rolle mit wenig Zeit fürs Umziehen direkt hinter der Bühne umkleiden. Da habe ich ihn hinter einer Bühnengardine mit der Hand in der Hose erwischt.«

»So, so, ein aktiver Spanner also! Da geh ich gleich mal zum Regieassistenten hinüber, um mehr über diesen Kauz zu erfahren. Wie heißt denn dieser lüsterne Typ?«

»Steve Brown.«

Inpektor Woolbeck schrieb sofort eine SMS-Nachricht an seinen Assistenten Yellowkingfish im Polizeipräsidium.

»Ich gehe am besten zum Direktor. Wie komme ich denn dorthin?«

»Einfach den Gang geradeaus, das letzte Zimmer ist es dann«, beschrieb Mellows den Weg.

Inspektor Woolbeck klopfte kurz beim Vorzimmer des Direktors an und noch ehe jemand antworten konnte, riss er schwungvoll die Tür auf und betrat das Zimmer.

Eine geschäftige, über Briefe gebeugte Sekretärin mit streng nach hinten gekämmten Haaren fuhr ihn an: »Was wollen Sie denn hier? Was fällt Ihnen ein, hier so hereinzuplatzen?«

Inspektor Woolbeck zog schmissig seine Dienstplakette aus dem Mantel und nahm der Sekretärin den Wind aus den Segeln: »Kriminalpolizei, ich würde mich mal an ihrer Stelle kooperativ zeigen, wenn Sie sich nicht kalte Füße holen wollen.«

»Ja, äh, sicherlich, wie kann ich Ihnen weiterhelfen«, fragte die Sekretärin kleinlaut.

»Das würde ich lieber mit dem Direktor persönlich besprechen! Melden Sie mich bitte jetzt unverzüglich an!«

»Natürlich, Herr Inspektor!« Woolbeck trat stürmisch in den Raum des Direktors, der ihm die Hand entgegenstreckte.

»Was verschafft mir die Ehre Ihres Besuches?«, erkundigte sich der Direktor.

»Ich bin Inspektor Woolbeck. In letzter Zeit sind einige schreckliche Morde in der Stadt passiert.«

»Ich habe davon gelesen. Aber was hat unser unbescholtenes Theater damit zu tun?«

»Ihre Frau Mellows wurde beinahe Opfer eines Gewaltverbrechens, mit derselben Handschrift, wie die anderen Taten.«

»Oje! Aber ich glaube, ich kann Ihnen da nicht weiterhelfen.«

»Leider könnte es sein, dass einer ihrer Angestellten, ein gewisser Steve Brown, etwas mit der Sache zu tun hat. Er hat sich in den vergangenen Wochen auffällig benommen. Was können Sie mir über den Typen erzählen?«

»Er hat einwandfreie Zeugnisse als Bühnenbildner vorgelegt.«

»Und sonst haben Sie nichts von ihm wissen wollen?«

»Auf ein Führungszeugnis habe ich verzichtet, weil er ja keine Verantwortung für Geld zu übernehmen hatte. Wissen Sie - uns hier am Theater - interessiert nicht die Vergangenheit der Leute.«

Inspektor Woolbeck schaute auf eine SMS-Nachricht von seinem Assistenten Yellowkingfish.

»Sie sollten in Zukunft ihre Leute besser checken. Dieser Spanner ist nämlich vorbestraft wegen versuchter Vergewaltigung!«

»Das bedeutet ja nicht, dass er als Bühnenbildner nichts taugt. Außerdem hat in meinen Augen jeder eine zweite Chance verdient. Sonst landen solche armen Tröpfe doch gleich wieder auf der schiefen Bahn. Das ist doch ein Teufelskreis!«

»Mir war der Name schon mal aufgefallen, als ich die Datei der Triebtäter durchgeforscht habe.«

»Wann haben sich denn die Taten in letzter Zeit zugetragen?«, fragte der Direktor.

Woolbeck zeigte ihm die Daten der Taten und man glich sie mit dem Theaterplan ab. Für jeden Abend konnte Brown ein sauberes Alibi gegeben werden. Es konnten sogar Kollegen gefunden werden, die bezeugten, dass die Arbeit bis in die tiefe Nacht gedauert hatte. Diese Spur hatte sich also so schnell zerschlagen, wie sie entstanden war.

Der Inspektor bedankte sich noch für die Hilfe des Direktors und machte sich sogleich enttäuscht auf den Weg in sein Büro. Er dachte: »Verdammt, also auf zu Spencer - das ist doch der Schlüssel zu allem.«

Woolbeck griff eilig zum Hörer und rief Eddie an: »Sie müssen mir unbedingt bei der Klärung des Falles weiterhelfen.«

»Stets zu Ihren Diensten, auch mir liegt daran, den Mörder von Kathy zu finden. Ich bin fest davon überzeugt, dass es Steffi nicht war. Außerdem hat das Schwein auch noch versucht, meine Traumfrau Mellows zu beschmutzen«, legte Eddie Spencer los.

»Jetzt zur Sache: Am besten treffen wir uns am Ort der Taten im Central Park, wo ja sie rein zufällig auch immer ihre Frauen trafen.«

»Sehr witzig, ha, ha. Also treffen wir uns bei ›Kleopatra's Needle‹ gegenüber vom Metropolitan Museum of Art. Aber da fällt mir ein, bei der Gelegenheit, wenn wir gerade miteinander reden.«

»Was ist denn, Eddie Spencer?«

»Eine Hand wäscht die andere...«, begann Eddie.

»Ich höre...«, unterbrach ihn Woolbeck.

»Können Sie sich nicht etwas um meine kleine Steffi kümmern? Ich fühle mich für sie verantwortlich. Von ihren Eltern kann sie ja keine Hilfe erwarten.«

Inspektor Woolbeck, der gesetzestreue Mann, der mit allen Wassern gewaschen ist, reagierte zögerlich. »Okay, das mit den Eltern sehe ich ein. Was kann ich denn konkret für Sie tun?«

»Sie könnten sich über ihren Geisteszustand einen Eindruck verschaffen. Vielleicht kann man ja auf Unzurechnungsfähigkeit plädieren? Ich glaube, die Kleine hat im Grunde ein gutes Herz.«

»Das mag sein. Die Kleine, wie Sie sie nennen, hat ja wohl gewissermaßen im Affekt gehandelt, auch wenn

der Mord als Ganzes noch so bestialisch war, aber nun gut, ich will sehen, was ich für sie tun kann.«

»Danke vielmals.«

»Aber sicher bin ich mir übrigens über den Tathergang nicht mehr. Es scheint, als könnten zwei Täter am Ort des Grauens gewesen sein«, mutmaßte Inspektor Woolbeck und gab Eddie Spencer freimütig Einblick in seine Untersuchungen.

»Na, das macht doch Mut - also bis heute Nachmittag fünfzehn Uhr am *Kleopatra's Needle*«, bestätigte Eddie Spencer nochmals den Termin, wie er es vom Umgang mit seinen Klienten und von seinen Telefonspielen her gewohnt war.

Inspektor Woolbeck legte den Hörer auf und wandte sich seinem Kollegen und Assistenten Yellowkingfish zu: »Heute Nachmittag werde ich dieser Becci einen Besuch in der U-Haft abstatten und dann mit Eddie Spencer im Central Park an Ort und Stelle alles haarklein recherchieren.«

Sein Assistent Yellowkingfish nickte zustimmend und sagte: »Das ist eine gute Idee. Ich denke auch, dass Steffi Becci keine grausame Mörderin ist. Vielleicht stimmt ihre Version doch, dass Sie lediglich Cindy einen Stoß gegeben hat. Hören Sie sich im Auto mal den Befund vom Gerichtsmediziner auf Ihrem Diktiergerät an.« Er drückte Inspektor Woolbeck eine kleine Kassette in die Hand.

Woolbeck fuhr direkt zum U-Haftgebäude. Er ließ sich vom Wärter zu Steffi Becci führen. Dieser öffnete die Zelle.

Noch vor dem Eintreten meinte er zu ihr: »Sie werden sich ja wohl abgekühlt haben, wir können ja jetzt mal in Ruhe miteinander reden.«

Zunächst saß Steffi Becci verschüchtert auf der Pritsche in einer Ecke der Zelle.

Doch als Inspektor Woolbeck hinzufügte: »Eddie Spencer schickt mich«, hellten sich ihre gleichermaßen verbitterten wie auch verheulten Gesichtszüge auf. Sie sprang von Neugierde getrieben in die Höhe und ging interessiert auf Inspektor Woolbeck zu.

Der Wärter vor der Zelle brüllte energisch: »Sitzen bleiben, sonst breche ich das Gespräch ab.«

Becci zuckte zusammen und setzte sich wieder hin.

»Wir haben Neuigkeiten vom Gerichtsmediziner. Es ist durchaus möglich, dass Cindy, nachdem Sie sie die Treppe heruntergestoßen haben, nur bewusstlos war und das eigentliche Verbrechen erst danach geschah. Vielleicht geht die Sache doch noch glimpflich für Sie aus.«

Die Lethargie war aus Steffi Beccis Gesicht gewichen. Sie strahlte Woolbeck an und sagte: »Dafür könnte ich Sie jetzt knutschen!«

Inspektor Woolbeck schmunzelte: »Mal langsam, Kleine, das lassen wir mal lieber.«

Nach diesem Gespräch standen nun also die Chancen günstig, dass Steffi Becci mit einem blauen Auge für die ›Tat‹ an Cindy davonkommen sollte. Zumal mildernde Strafumstände angesichts ihres Elternhauses Berücksichtigung finden könnten.

Anschließend fuhr Woolbeck zum Tatort - Central Park - und traf dort Spencer.

»So, jetzt wollen wir uns zusammen mal ganz genau überlegen, wie die Taten so abgelaufen sein könnten. Sie müssten sich hier ja ganz gut auskennen.«

»Sparen Sie sich Ihre Ironie, Inspektor Woolbeck, ich opfere hier meine kostbare Zeit, um Ihnen zu helfen!«

»Ja, ja ich weiß, Ihre Akten! Sind Sie sich im Übrigen sicher, dass sie niemand außer Ihnen zu Gesicht bekommen hat?«

»Ja, da bin ich mir sicher. Sie haben ja selbst gesehen, dass sie in meinem Wandschrank gut verschlossen sind. Das heißt, neulich habe ich gedacht: Es könnte jemand am Schrank gewesen sein, aber ich war mir nicht sicher. Außerdem, wer soll das auch sein?«

»Aber mein lieber Spencer! Irgendwie ist es doch auffällig, wobei ich Sie ja mittlerweile nicht mehr für den Mörder halte, dass Sie immer alle Opfer kannten.«

»Ja, das ist schon irgendwie seltsam «, meinte Eddie Spencer ernüchtert.

»Wem haben Sie denn alles von ihren Eskapaden erzählt?«, fragte Inspektor Woolbeck.

»Also eigentlich niemandem, außer vielleicht Marc«, antwortete Eddie Spencer.

»Naja, den habe ich selbst schon verhört, der war es vermutlich nicht.«

»Aber in letzter Zeit ist Marc auch seltsam. Er hat sich neulich, als ich verhindert war, an Steffi rangemacht und einen ganz eigenartigen Auftritt hingelegt. Steffi hat mir alles kopfschüttelnd erzählt. Aber einen Mord trau ich dem eigentlich nicht zu.«

»Ich kann es nicht mehr hören! Laufend passieren diese Morde, aber keiner traut dem anderen einen Mord zu. Was soll das nur alles?«, lamentierte Inspektor Woolbeck mit dem Schicksal hadernd. »Doch einer muss es gewesen sein!!!«

»Ja, das stimmt«, sagte Eddie Spencer nach einigem Zögern und wurde kreidebleich. Er stotterte: »Meinem Friseur habe ich auch immer alles erzählt. Aber... «

Noch bevor Eddie Spencer richtig mit dem Satz fertig war, wurde er von Inspektor Woolbeck regelrecht zum Auto geschubst. Es folgte eine schwindelerregende Fahrt zu Lavés Friseursalon.

- 10 -

Mellows hatte den Schock der versuchten Gewalttat gut verkraftet und sich immer mehr in die Arbeit gestürzt. Zum einen, weil sie ohne die Bretter, die für sie die Welt bedeuteten, wirklich nicht leben konnte, und zum anderen, weil sie dort ihrem Herzallerliebsten nahe sein konnte.

Wobei sie, was die Beziehungsaussichten anging, recht nüchtern war, weil sie sah und hörte, dass dieser Mann wirklich nur seine große Liebe zum Theater lebte. Doch endlich hatte sie eine größere Rolle bekommen und beschloss, dafür extra zum Friseur zu gehen. Ihre Wahl fiel auf Lavé, weil ihr Eddie Spencer diesen empfohlen hatte.

Nach dem Betreten des Salons wurde Mellows aufgefordert, Platz zu nehmen und sich noch etwas die ausliegenden Modezeitschriften anzuschauen, bis Lavé seinen Kunden fertig frisiert hatte.

Lavé sagte: »Sie haben heute aber Glück; Sie können gleich ohne Termin drankommen.«

Als Mellows, so auf der Suche nach einer neuen Frisur, Ausschau in den Magazinen hielt, fiel ihr Blick abschweifend auf die weißen Styroporköpfe, denen mit Kinderfarbe Gesichter - wie von einem Grundschüler auf einer Kinderzeichnung - aufgemalt waren, und das verblüffend echt wirkende Frauenhaar.

Einige Minuten später wurde Mellows vom Friseur aufgefordert, im Stuhl vor dem Spiegel Platz zu nehmen. Beim Waschen der Haare fiel ihr auf, dass der Friseur schweigsam war. Doch als Schauspielerin hatte

sie sich längst damit abgefunden, dass manche Menschen seltsam sind, und lenkte ihre Gedanken auf ihre neue Rolle.

Auf einmal sagte Lavé zu ihr: »Ich hol' ihnen jetzt einen ganz besonderen Haarfestiger«, und verschwand im Nebenraum.

Mellows saß so unschuldig wie ein Engel im Friseurstuhl und wartete.

Während Lavé dachte: »Verdammt, das ist doch die Schlampe, die mir neulich im Central Park durch die Lappen gegangen ist. Schön, dass meine Arbeitskolleginnen schon gegangen sind. Bringen wir es hinter uns!«

Er griff geschwind zum Rasiermesser. Dies war von solcher Schärfe, dass selbst ein Blatt Papier aus einigen Metern Höhe an seiner Klinge entzwei gegangen wäre.

Gerade als er mit dem Messer auf Mellows, die mit frisch gewaschenen Haaren dasaß, zuging, platzten Inspektor Woolbeck und Eddie Spencer in den Laden.

»Halt, Polizei!«, donnerte Woolbeck.

Vor Schreck ließ Lavé das Messer fallen und rannte blitzschnell durch die Hintertür des Salons. Der Inspektor und Spencer folgten. Doch als sie durch das Treppenhaus nach hinten im Haus gerannt waren, hörten sie nur noch das Verriegeln der massiven Holztür.

»So ein Mist!«, fluchte Eddie Spencer.

Inspektor Woolbeck checkte die Lage ab und öffnete dann schnell ein Fenster neben der Tür, stützte sich bei Spencer ab und sprang in den Hinterhof.

Hier allerdings sah er nur noch, wie die Beine von Lavé über eine Mauer verschwanden, nachdem er über eine alte Feuerwehrleiter hochgeklettert war.

»Die Feuerwehr, dein Freund und Helfer«, fluchte Inspektor Woolbeck, als er das Ende der Leiter über die Mauer verschwinden sah, und ging auf die verriegelte Holztür zu.

»Verdammt nochmal, jetzt besteht unsere einzige Chance darin, das Gebäude von der anderen Seite zu umrunden«, sagte Inspektor Woolbeck, als er durch die Tür auf den überraschten Spencer zukam. Dann rannten sie los. Mit weit aufgerissenen Augen schaute Mellows Inspektor Woolbeck und Eddie Spencer nach, wie sie durch den Laden flitzten und vor den Augen einer bereits schreibenden Politesse die Verfolgung Lavés aufnahmen.

Sie kamen gerade noch rechtzeitig, um zu sehen, wie Lavé mit einer großen Staubwolke und quietschenden Reifen in die Fifth Avenue am Marcus Garvey Park einbog. Schließlich nahmen der Inspektor und Spencer mit dem Wagen die Verfolgung auf. Woolbeck drückte das Gaspedal vor einer bereits sehr gelben Ampel durch, während Eddie gebannt auf eine Frau mit Kinderwagen starrte. »Das war verdammt knapp!«, bemerkte er. »Dienstglück«, meinte Inspektor Woolbeck, auf dessen Stirn kalter Schweiß stand. Einige Passanten zog die wilde Raserei bereits in ihren Bann; sie gafften den beiden Fahrzeugen hinterher und vergaßen glatt ihre Alltagseinkäufe.

Wooolbeck sagte, als er hochschaltete, zu Eddie: »Der soll nur rasen, wenn sich die Verkehrspolizei einschaltet, kann das uns nur recht sein!« Eddie und Woolbeck schauten gespannt nach vorne. Der Inspektor war von Einsätzen an der Stadtgrenze zu Jersey gewohnt, alles aus seinem Wagen rauszuholen, weil er wusste: War der Täter erst einmal über diese verschwunden, konnte er nicht mehr belangt werden.

»Spencer, nehmen Sie meine Dienstpistole aus dem Handschuhfach. Wir müssen für den Ernstfall gerüstet sein.«

Spencer holte die Waffe heraus und entdeckte eine Schachtel mit Munition, auf der mit großen Lettern ›MANNSTOPPEND‹ stand. Er drehte sich zu Wollbeck: »Was bedeutet ‚Mannstoppend'?«

»Das ist eine lange Geschichte. Also, vor drei Jahren gab es in unserem Bundesstaat einen unglücklichen Zwischenfall nach einem Banküberfall zwischen der Polizei und den Tätern. Ein Polizist hatte durch einen der Bankräuber hindurch geschossen und ein Passant war dadurch tödlich getroffen worden. Um einen besseren Passantenschutz zu gewährleisten, wurde in der ›Verordnung von Arizona‹ Munition für Dienstwaffen festgelegt, die sich im Straftäter festfrisst.«

»Da werden sich die Mediziner aber freuen«, kommentierte Eddie Spencer trocken.

Inspektor Woolbeck, der durch seinen rasanten Fahrstil sukzessive den Abstand zu Lavé verringerte, meinte: »Lieber ein bisschen Flickarbeit für die Ärzte, als unschuldige Passanten zu gefährden.«

»Da bin ich aber froh, dass wir zusammenarbeiten und dass Sie damals vor meinem Haus nicht auf mich geschossen haben«, warf Spencer lachend ein.

Woolbeck verzog keine Miene, sondern fuhr konzentriert weiter. Doch die Fahrt sollte sich über eine lange Landstraße hinziehen. Der Inspektor nutzte die Gelegenheit, um einmal ein paar Sätze privat an Eddie Spencer zu richten: »Spencer, jetzt mal ehrlich: Sie mit ihren ganzen Weibergeschichten, ich halte es da ja ganz mit Paulus und bin, wie Sie wissen, alleine in bester Gesellschaft, aber ich hätte da jetzt doch mal eine Frage.«

»Ich höre«, imitierte Eddie Spencer ironisch Inspektor Woolbeck, Schlimmes ahnend.

»Jetzt mal ehrlich, haben Sie schon einmal richtig geliebt und woher kommt eigentlich die Sucht, immer einen Rock an seiner Seite haben zu müssen?«

Auf einmal, bevor Eddie noch antworten konnte, kurz vor der Triborough Bridge, setzte wie aus heiterem Himmel starker Regen ein. Die Scheibe beschlug schlagartig, sodass Woolbeck Spencer anherrschte: »Jetzt nehmen Sie schon den Lappen neben sich im Seitenfach der Tür und machen Sie die Scheibe frei!«

Eddie, der sich wie immer durch diesen Kommandostil leicht gekränkt fühlte, verkniff es sich angesichts der Lage zu maulen und wischte artig die Scheibe.

»Wir müssen unbedingt dranbleiben«, sagte Woolbeck angespannt.

Eddie wurde immer nervöser, auf seiner Stirn bildete sich kalter Schweiß. »Wenn Sie weiter bei diesen glitschigen Straßen so rasen, bringen Sie uns beide noch ins Grab.«

Unbeeindruckt blieb Woolbeck auf dem Gaspedal. Man war mittlerweile hinter der Brücke, außerhalb der Stadt, am Ende von New York angekommen.

Dann, auf einmal, ging alles ganz schnell. Es folgte eine überraschende Kurve, in der Lavé mit seinem Fahrzeug durch die Höhe der Geschwindigkeit auf die Gegenfahrbahn getragen wurde. Lavé sah die gleißenden Scheinwerfer eines LKWs und riss das Steuer so energisch nach rechts, dass er nicht nur die Gegenfahrbahn überwand, sondern auch gegen eine große Eiche im Wards Island knallte.

Woolbeck und Spencer, die vom Auto aus das ganze Szenario verfolgt hatten, eilten zu dem auf dem Dach liegenden Autowrack.

Woolbeck hatte seine Dienstwaffe in der Hand und sagte: »Vorsicht ist die Mutter der Porzellankiste! «

und Eddie erwiderte zynisch: »Die werden Sie wohl nicht mehr brauchen!«

Mit blutüberströmtem Gesicht lag Lavé kopfüber auf dem Lenker.

Inspektor Woolbeck brüllte wie aus der Kanone geschossen: »Warum, um Himmelswillen, haben Sie Kathy und Cindy umgebracht?«

Lavé röchelte: »Ich hasse Frauen! Meine Mutter hat mich bereits als kleiner Junge, wenn ich nur einmal meine Hose verschmutzt hatte, stundenlang mit einer Zahnbürste zum Reinigen ins Badezimmer gesperrt!«

»So, so«, meinte Inspektor Woolbeck.

»Schauen Sie sich mal meine Halbglatze an! Über mich, da lachen sie ja bloß, hätte ich nicht ein Toupet aus dem Haar meiner Opfer angefertigt. Wir leben nun einmal in einer Welt der Ästhetik, und wenn man dieser nicht entspricht, schaut einen eine Frau nicht einmal an. Man wird immer nur nach seinem äußeren Marktwert gehandelt, wie das Spencer immer so zelebriert.«

»Aber, aber«, gab Eddie Spencer entspannt zum sterbenden Friseur von sich: »Ich bin mit meinem Bierbauch ja auch nicht gerade ein Model, trotzdem kann man, wenn man sich etwas bemüht, bei der holden Weiblichkeit landen. Die schauen ja auch auf die inneren Werte.«

»Ja, innere Werte in der Brieftasche vielleicht«, stammelte Lavé immer kraftloser werdend, mit blutiger Stirn.

»So, wegen ihrer Mutter sind Sie also zur mordenden Bestie geworden?«, fragte Inspektor Woolbeck, der geistesgegenwärtig sein Diktiergerät eingeschaltet hatte, um die letzten Worte als Beweis festzuhalten.

»Ich wollte immer die Nähe zu meiner Mutter, doch sie hat mich nie in den Arm genommen und meinen

Vater fortgejagt. Ich wollte doch nur ein bisschen Liebe und Zuneigung. Mein Leben lang habe ich keine Liebe bekommen, immer nur Hass und Verachtung. Später haben die Frauen weitergemacht, was meine Mama angefangen hat. Aber wenn sie verstummt waren, ihre Mäuler im Tod, da haben sie mir gehorcht. Da konnte ich mir endlich holen, was mir zusteht, und musste kein Lachen ertragen!«

»Aber bei Cindy bist du ja gar nicht zu Potte gekommen?«, fragte Eddie.

»Die war ja bewusstlos, und ich wusste nicht, wie lang sie schon da lag. Da habe ich mich mit ihren Haaren und ihrer Kehle begnügt...«, röchelte Lavé.

»Selbst im Angesicht des Todes reden sie noch so menschenverachtend«, wandte Inspektor Woolbeck sich angeekelt ab.

»Das waren doch gar keine Menschen! Das waren die Kopien meiner Mutter. Die haben den Tod verdient«, entgegnete Lavé verbittert.

»Warum hast du eigentlich immer gerade meine Frauen getötet?«, wollte Eddie Spencer wissen.

»Du hast mich doch immer gehänselt mit dem ›Jäger des verlorenen Schatzes‹, nur weil dir bei den Frauen immer alles zufällt. Da habe ich mir Deine Akten geschnappt. Da war ja alles drin, Adressen, Fotos...«, schloss Lavé und erstarrte.

Woolbeck maß ihm ein letztes Mal ergebnislos den Puls und schloss ihm die Augenlider. »Verdammt! Ich hätte bei dem einen Beratungsgespräch in meinem Büro besser aufpassen müssen«, fluchte Eddie Spencer.

Inspektor Woolbeck nickte zustimmend mit dem Kopf, rief sachlich nüchtern die Kollegen mit den Worten an: »Hier gibt es Arbeit für euch! Das Ungeheuer vom Central Park hat seine gerechte Strafe bekommen und dem Staat eine Menge Geld erspart. Lasst euch ruhig Zeit. Ihr kommt sowieso zu spät!«

»Toller Job!«, bemerkte Eddie flapsig und gab Wool-beck einen Klaps.

»Danke für die Hilfe! Sie sollten mein Hilfssheriff werden!«, meinte der Inspektor mit einem Grinsen.

»Ha, ha, das wäre es noch, aber mal was anderes, haben Sie das Geständnis auf Tape, Inspektor? Schließlich kann es meiner Steffi helfen!«, wollte Eddie Spencer, die Chance witternd, wissen.

»Natürlich, ich bin ja Perfektionist. Da ist jeder Schritt überlegt. Ich überlasse nichts dem Zufall«, sagte Inspektor Woolbeck sich selbst feiernd, wie es seine bescheidene Art war.

Woolbeck und Spencer machten sich auf zur Mutter von Lavé. Sein Weg führte Sie vorbei an den Zwillingstürmen. »Die sind ja verdammt hoch, hoffentlich fliegt da mal keiner rein«, überlegte Eddie Spencer.

»Auf was für abstruse Ideen Sie immer kommen, Spencer!«, antwortete Inspektor Woolbeck.

Schließlich war man am Jugendstilhaus von Lavés Mutter angelangt. Nach dem Klingeln, noch ehe Woolbeck und Spencer mehr als ›Polizei‹ sagen konnten, wetterte eine Stimme hinter der halboffenen Tür los: »Kommen Sie mir ja nicht mit dreckigen Schuhen herein. Ich habe gerade geputzt.«

Folgsam zogen die beiden Männer ihre Schuhe aus. Woolbeck sammelte sich und sagte: »Sie sind das also?«

»Wer soll ich sein?«, herrschte ihn die ältere Dame an.

»Die Mutter von Robert Lavé.«

»Natürlich, aber was soll die sinnlose Fragerei? Ich habe wenig Zeit, die Fenster habe ich heute erst einmal geputzt. Und auf einem ist schon wieder Flie-

gendreck zu sehen! Das kann ich nicht ertragen, so etwas. Deswegen gibt es ja auch immer Probleme mit meinem Sohn. Der krümelt immer so beim Essen, versaut mir den Teppich«, legte die Mutter los.

»Ihr Sohn wird ihnen keine Probleme mehr machen.«

»Wieso? Haben sie Ihm Essmanieren beigebracht, oder was?«

»Nein, er ist ein bisschen zu schnell Auto gefahren und dann war ein Baum im Weg!«, knallte Woolbeck der Mutter vor den Latz.

»Der ist doch eine Lusche! Ich bin nie gerne Auto mit Ihm gefahren!«

»Sie verkennen den Ernst der Lage. Er war der gesuchte Frauenmörder vom Central Park und ist bei der Flucht vor uns tödlich verunglückt.«

»Das hat ja so kommen müssen! Der war ja noch nie beziehungsfähig und hat sich früher schon stundenlang heulend auf seinem Bett gewälzt, wenn ich ihn nur dezent auf einen Fehler hingewiesen habe.«

»Na, so dezent sind Sie, glaube ich, nicht. Der Ton von vorhin hat mir gar nicht gefallen«, korrigierte Inspektor Woolbeck sie.

Spencer, der die ganze Zeit diesem Wortgefecht aufmerksam gefolgt war, meinte: »Ja, aber seelische Grausamkeit zählt, glaube ich, nicht als Anstiftung zum Mord.«

»Na, das wäre ja auch lächerlich! Bälger muss man schließlich disziplinieren«, sagte die Mutter ungerührt von der Todesnachricht.

»Also, dann lassen wir sie jetzt in ihrem Schmerz allein und verabschieden uns höflich«, verabschiedete sich Inspektor Woolbeck.

Auf dem Weg zum Auto meinte Eddie zu Woolbeck: »Bei der Mutter muss man ja zum Mörder werden! «

Inspektor Woolbeck sagte lachend und mahnend zugleich: »Na, na, na - aber Recht haben Sie schon.«

Sie stiegen ins Auto und fuhren los.

Eddie Spencer erinnerte Inspektor Woolbeck bei der Fahrt zum Polizeirevier an Steffi Becci: »So, ich habe Ihnen geholfen. Jetzt kommt ihr Part, helfen Sie bitte meiner Steffi Becci!«

Inspektor Woolbeck meinte: »Na, die werden wir wohl ohne große Probleme aus der Sache rausboxen. Es müsste schon mit dem Teufel zugehen, wenn man nicht in Anbetracht ihres Elternhauses und Alters eine Bewährungsstrafe rausholen kann. Sie können ihr ja sicher einen guten Anwalt besorgen. Ich leg auch einen Dollar mit drauf.«

»Das hört sich doch gut an! Dann bringen wir ihr doch schnell die gute Nachricht. Vielleicht ist ja auch noch ein kleines Aufhüpferli drin.«

»Jetzt reicht es mir aber! Das ist ein Gefängnis und kein Bordell.«

Eddie Spencer meinte: »Seien Sie getrost, ich will es ja sowieso bald alles hinter mich bringen mit der Hochzeit!«

»Was, Sie wollen das junge Ding echt heiraten?«, fragte Inspektor Woolbeck bestürzt.

»Eigentlich habe ich gedacht, ich nehme die Amelie. Da sind meine Quoten momentan am besten. Außerdem kocht die prima.«

»So vom alten Stil. Das wäre sogar etwas für mich«, grinste Inspektor Woolbeck.

Man fuhr also schnell zum U-Haftgebäude. Inspektor Woolbeck und Spencer erzählten Steffi ausführlich von der neuen Situation.

Sie fiel Eddie - mit Freudentränen in den Augen - um den Hals, doch ehe sich Steffi an ihm festknutschen

konnte, räusperte sich Inspektor Woolbeck und warf ein: »Ich denke, ich habe auch meinen Teil dazu beigetragen.«

Sichtlich gerührt, umarmte Steffi Becci Inspektor Woolbeck und gab ihm einen sanften Kuss auf seine errötenden Wangen.

Eine Woche später meldete sich Eddie Spencer bei Inspektor Woolbeck: »Im Übrigen, Herr Inspektor, nächste Woche ist Hochzeit mit Amelie und wir haben beschlossen, wenn es ihnen recht ist, dass Sie Trauzeuge werden.«

»Nein, dass ich das noch erleben darf!«, freute sich Inspektor Woolbeck und klatschte sich auf die Oberschenkel. »Das mache ich sehr gerne! Ich mag es schließlich, Leute wie Sie, Eddie Spencer, auf den Pfad der Tugend zu bringen!«, schloss Inspektor Woolbeck und lachte amüsiert.

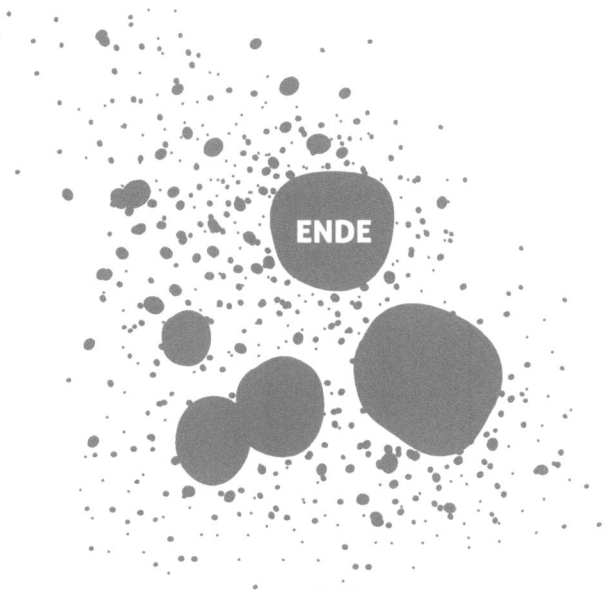

ENDE

"Endlich nach 30 Jahren mein Nachfolger
zu Tages- und Nachtlachen".

- Louis de Monet -